PETER PAN

彼得潘

James Matthew Barrie

詹姆斯・馬修・巴利

黃意然——譯

【導讀】

永無缺席的在場證明

英國維多利亞時期蘇格蘭作家，詹姆斯・馬修・巴利（James Matthew Barrie，1860-1937）所著的彼得潘故事，其書寫歷史主要由四部作品構成：*The Little White Bird*（1902；此為小說，是第一筆彼得潘故事的正式書面紀錄，可譯作《小白鳥》），*Peter Pan in Kensington Gardens*（1906；是《小白鳥》中六個關於彼得潘章節獨立印製出版的小說，常譯為《彼得潘在肯辛頓公園》），*Peter Pan, or the Boy Who Would Not Grow Up*（此為彼得潘戲劇，第一次於1904在倫敦演出，爾後劇本加上了作者序於1928年出版），暫譯《彼得潘：不願長大的男孩》），然後是*Peter and Wendy*（1911；是根基於彼得潘戲劇而發展成的小說，有譯為《彼得潘與溫蒂》、《彼得與溫蒂》，或者，簡單就《彼得潘》

稱之）。

就這四部主要作品而言，《彼得潘》小說的書寫歷史被記述得最少。或許正因為小說是自戲劇延伸出來，並且無法超越彼得潘故事第一次以戲劇方式（尤其那史無前例的舞台技術——飛行，以及演員、觀眾的互動式效果——彼得潘為了垂死的叮噹玲索取觀眾的掌聲）公諸於世，在當時的英國與美國，甚至法國展演時造成空前的耳目一新與轟動（更別提此劇為巴利帶來的名聲與財富），《彼得潘》小說的書寫歷史彷彿成為了《彼得潘》戲劇的影子。倘若如此看待《彼得潘》小說，實為可惜。

對作家巴利及彼得潘文學的學術研究而言，《彼得潘》小說可是珍貴的材料，小說的形式給予了「巴利式敘述者（Barriean narrator）」足夠的主體感及說書人特性，其真正得以魅惑讀者的小說舞台指示和小說舞台效果。《彼得潘》小說敘述者變玩著他的兒童觀、家庭觀以及對童年的看法。敘述者時而貼近角色們（不論兒童或成人、正派或反派角色）的內心世界，時而拉開自己與角色間的距離以評價他手下的小說演員。他頌揚純真，刻劃兒童的多情，同時又毫不留情地揭露孩童的純真實為無情；原文中："innocent"多與"heartless"並用，彷彿此二詞彙為孿生，或者我們可以說，這就是巴利兒童觀的孿生性。看待及對待成人，巴利敘述者亦如此詭譎。比方說，他會在p217赤裸裸地宣告「我原本想說幾句她（達林太太）的好話，可是我瞧不起她」，然後在p219處大方承認，「我覺得我終究沒辦法說她的壞話。……。有些人最喜歡彼得，有些人最喜歡溫蒂，但我最喜歡的是她」。

同樣地，這位巴利式敘述者再再邀請讀者入戲，持續鎖定劇情的發展、角色的變化，卻又時常冷不防地提醒讀者，「我們本來就是旁觀者嘛。沒人真正需要我們。所以我們就在一旁觀望，說些刺耳的話，希望他們之中有人聽了心裡不舒服」（p217）。這就是巴利式敘述者迷人又惱人之處，他寵愛讀者，滿足讀者對幻想的渴望（數數這部小說中，屬於「幻想」、「假裝」與「遊戲」的元素及橋段吧），而他亦不吝惜諷刺讀者、挖苦讀者，在喚醒讀者閱讀與回憶的樂趣的同時，又挑起讀者身為兒童或成人的罪惡感及羞愧。他既將自己與讀者放置同一水平面，揭示自己與讀者一樣身為人所會持有的弱點；如免不了偏見、免不了出走或偏離軌道；免不了渴望母親、渴望家、渴望故事，也彰顯、把玩著身為作者/說書人的權力。他可以體會、滿足讀者，但故事由他來說，甚至可以擲骰子方式來決定劇情的走向（當然，是由他來擲這骰子）。第七章「地下之家」

的最後兩頁，是我個人覺得《彼得潘》以小說方式展現，最精彩、最令人深刻的後設表現手法。但在巴利式的後設中，作者拒絕死去。相反地，這樣的敘事橋段強烈要求，讀者承認作者之在場，是作者在場的證明。

自二十世紀以來，《彼得潘》成為兒童文學經典之一，這點似乎無庸置疑。然而，作為二十一世紀初的讀者，我們不禁還是想要追問：《彼得潘》的魅力何在？這故事為何到現在還是值得被閱讀？二十一世紀的我們應該不會想要再探問「誰是（真正的）彼得潘」（這曾是二十世紀巴利傳記家與學者們的執迷）、「彼得潘是否真實存在」、「彼得潘情結指涉或意謂什麼」……，不了。但今日的我們可能依舊會被「彼得潘究竟是個什麼樣的『孩子』」所魅惑（在課堂上，我曾問過學生，你/妳覺得彼得潘是什麼星座和血型？為什麼？）。更重要的是，彼得潘故事並非僅關乎彼得潘這一主角。至今，我們依然會驚奇於《彼得潘》故事所呈現的兒童觀、童年觀，以及其所揭示出的真相與真理，即那充滿幻想又坦露無遺的兒童與成人彼此間的微妙關係。而這二者間的關係，說到底，常常又都是一種自我關係，是一種自己對（對待、對抗、對付、對看）自己、自己與己身的關係。

《彼得潘》的故事（包括有關彼得潘故事的創作歷程）都圍繞著「家」。早在露薏絲・勞瑞的《威樂比這一家》（*The Willoughbys*，2008）之前，巴利的《彼得潘》就給予了孩童拋棄父母的權利。在《彼得潘》的世界裡，「只要想著愉快美妙的念頭」，或者一點仙粉再加上肩膀的擺動，就可以用飛行的方式離家（p58、p59）。離家，可以很容易，甚至美妙愉悅；但離開，很難，特別是永恆的離開，意念及情感上的離開。巴利賦予他筆下的兒童，足夠且信服人——尤其信服兒童——的理由離家：不論是有意識地抗拒父母對剛出生沒多久的嬰孩進行未來生涯、職涯規劃（彼得潘）、下意識地反抗父母濫用成人權力（達林家孩子），或者被照顧者疏忽導致丟棄（走失的男孩）。儘管如此，這些來到永無島居住，以示拋棄父母、以便享受自我世界的兒童，在島上仍然需要「快樂家庭」及「家屋」的概念與體現（而且還是必須要有人睡在搖籃裡的家屋）；這些兒童依賴著父母親的在場（即，彼得與溫蒂的在場），渴望著灰姑娘的故事，而那是種被記得、被等待、被找到的故事。

而童年呢？最後一章「溫蒂長大以後」於小說內的在場，並非沒有理由。或許，當初由《彼得潘》戲劇而生成的小說，再添加上這最後一章，說明了一個真理：「童年」是童年經驗的再製（reproduction），「童年」需要童年經驗的再現（representation）。「童年」是那個「吻」，它想要被記得、被找到，它想要烙印理由的（再）出現／在場，唯有如此，方能成為己身能夠說明與悅納的銘記。

本文作者：國立台東大學兒童文學研究所助理教授　**葛容均**
紐約市立大學研究總部博士（CUNY，The Graduate Center），主修英美文學
芝加哥大學英美文學碩士、文藻外國語言學院英文學系畢業

目錄

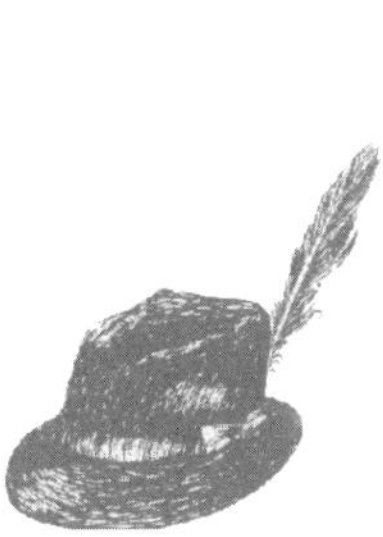

1 彼得闖了進來

所有的孩子，除了一個以外，慢慢都會長大。他們很快就明白自己終將會長大，而溫蒂是這樣明瞭的。兩歲那年的某一天，她在花園裡玩耍，她摘下一朵花，拿著花，跑到母親身邊。我想當時她看起來肯定相當討人喜歡吧，因為達林太太把手按在胸口上大聲說：「噢，為什麼妳不能永遠保持這副模樣呢！」針對這個話題，她們之間只交談了這句話。

但是從此以後，溫蒂就知道自己一定會長大。人到兩歲以後總是會明白事理。兩歲既是結束也是開端。

他們家的門牌號碼是十四號，當然啦，直到溫蒂出生前，她母親一直是家中的主角。她是位可愛的女士，內心充滿幻想，嘴巴很甜，喜歡逗弄別人。她那富於幻想的內心就像來自神秘東方的小盒子一般，一個盒子裝著一個盒子，無論你打開多少個，裡頭總還有另一個；而她那張甜甜愛逗弄人的嘴上掛著一個吻，雖然非常明顯地就在右邊嘴角上。溫蒂卻始終得不到那個吻。

達林先生是這樣贏得她的芳心的──小女孩時期圍繞在她身邊的男孩，長大成為紳士後，同時發現自己愛上了她，全都跑著到她家向她求婚；但達林先生除外，他雇了一輛馬車，搶先抵達；就這樣得到了她。他得到她的一切，除了內心最深處的盒子及右邊嘴角上那個吻。他從來不知道那個盒子的存在，最終也放棄了那個吻。溫蒂認為拿破崙能得到那個吻。但是我能想像拿破崙在不斷地嘗試失敗之後，也會怒氣沖沖地甩門離去。

達林先生過去常向溫蒂吹噓，她母親不但愛他，而且尊敬他。他學問淵博，精通股票和股份的事。當然啦，沒人真正瞭解那回事，但他似乎挺內行，經常說些股本漲了、股票跌了之類的話，說得頭頭是道，女人們聽了都對他肅然起敬。

達林太太結婚時穿了一襲白紗，起先她把帳目記得井然有序，幾乎是興高采烈地記；彷彿是在玩遊戲似的，連一顆球芽甘藍都不會漏掉。然而漸漸地，連整棵花椰菜都漏記了，取而代之的是一些沒有臉蛋的嬰兒畫像。在她應當合計帳目的時候卻用來畫圖，畫她想像中的嬰兒圖像。

溫蒂先出世，接著是約翰，最後是麥可。

溫蒂出生後一、兩個星期，他們懷疑是否能夠留下她，因為家裡多了一張嘴吃飯。達林先生十分以溫蒂為傲，但他是個非常講求實際的人；因此他坐在達林太太的床沿，握著她的手計算開銷；而她懇求地望著他。她想無論如何都要冒險一試，但那不是他的行事風格；他的做法是拿起紙和筆計算，要是她提出建議，擾亂了他的思緒，他就得從頭再來一次。

「好了，別再打斷我了。」他會如此央求她。

「我這兒有一鎊十七先令，辦公室裡有兩先令六便士；我在辦公室可以不喝咖啡，大約可省下十先令，這樣就有兩鎊九先令六便士；再加上妳的十八先令三便士，就有三鎊九先令七便士；我的支票簿還有五鎊零先令零便士，這樣總共就有八鎊九先令七便士──誰在那裡亂動？──八、九、七，小數點進位七──別說話，我親愛的──還有妳借給找上門那個人的一鎊。安靜點，寶寶──小數點進位。寶寶，看，都被妳們搞亂了！──我剛才是說九、九、七嗎？沒錯，我是說九、九、七。問題是我們能靠九鎊九先令七便士過一年嗎？」

「我們當然可以了，喬治。」她大聲說，明顯是在偏袒溫蒂，但達林先生才是兩人中說話較有分量的。

「別忘了腮腺炎。」他近乎威脅地提醒她，接著又繼續算，「腮腺炎一鎊，我先算那麼多，不過我敢說三十先令才差不多——別說話——麻疹一鎊五先令，德國麻疹要花半基尼，這樣就是兩鎊十五先令六便士——別搖妳的手指頭——百日咳，大概要十五先令吧……」他就這樣繼續算著，每次加總出來的數字都不一樣。不過最後溫蒂總算熬過來了，腮腺炎費用減到十二先令六便士，兩種麻疹合併成一種來計算。

約翰出生時，也出現了同樣的騷動；麥可更是僥倖脫險；不過兩人都留了下來。不久，你就能看見他們三人排成一排，由保姆陪著一起走去弗爾森小姐的幼兒園上學。

達林太太十分滿足於現狀，達林先生則處處喜歡和鄰居一樣；因此，他們理所當然也有保姆。但他們沒什麼錢，而小孩喝的牛奶量又大，所以他們的保姆是隻規規矩矩的紐芬蘭犬，名叫娜娜。在達林一家雇用娜娜之前，她並沒有特定的主人，不過她一向認為孩子很重要。達林一家是在肯辛頓公園認識娜娜的。她閒暇時候多半在那兒，她喜歡把頭伸進別人家的搖籃車裡窺探，粗心大意的保姆都很討厭她，因為她會跟著她們回家，向她們的女主人抱怨。

事實證明娜娜是個不可多得的保姆人選。她幫孩子洗澡時非常地仔細周到，夜裡無論任何時候，只要她照顧的孩子發出極輕微的哭聲，她都會立刻醒來。當然她的窩是在育嬰室裡。她天生有本事知道哪種咳嗽不能忍，什麼時候需要在脖子圍上長襪。她始終相信像是大黃葉子之類的傳統治療方法，對新奇的細菌之類的說法嗤之以鼻。看她護送孩子上學就像上了堂禮儀課程，當孩子乖巧的時候，她就靜靜地走在他們身旁；要是他們走偏了，她就會用頭把他們頂回隊伍裡。在約翰踢足球的日子，她從來不曾忘記他的毛衣。而且她嘴裡經常叼著一把傘，以防萬一下雨。在弗爾森小姐的學校地下室裡有間房間，保姆們都在那兒等候。她們坐在長凳上，娜娜則趴在地板上，不過那是唯一的差別。她們假裝忽視她，因為她們認為娜娜的社會地位比自己低下，娜娜則瞧不起她們膚淺的談話。

娜娜討厭達林太太的朋友來育嬰室探看孩子，不過如果他們真的來訪，她會迅速脫下麥可的圍兜，替他換上有藍色鑲邊的衣服，然後將溫蒂的衣服整理整齊，再飛快地梳理好約翰的頭髮。

沒有其他的育嬰室能夠比娜娜打理得更妥切，達林先生也清楚這點；但他有時候仍會不安地懷疑鄰居是否會說閒話。他必須顧慮自己在城裡的地位。

關於娜娜，還有別的事困擾著達林先生，那就是他有時候會覺得她並不敬重自己。「我知道她非常仰慕你啊，喬治。」達林太太向他保證，然後示意孩子們對父親特別好一點。接著，她會跳起迷人的舞蹈。他們家中唯一的另外一個僕人莉莎有時也會獲准加入。穿著長裙戴著女僕帽子的莉莎看起來非常矮小，雖然在受雇時，她曾發誓她絕對超過十歲。

這群嬉鬧的人多麼愉快啊！

其中最快樂的莫過於達林太太，她踮起腳尖瘋狂地旋轉，轉到你能看清的只有她的那個吻。要是那時你衝向她的話，或許就能得到那個吻了呢。

沒有比他們更單純更快樂的家庭了，直到彼得潘的出現。

達林太太最先聽說彼得的名字，是在她清理孩子的心思時。那是每位好母親每天晚上的習慣，在孩子睡著之後仔細檢查他的腦袋，將白天偏離正途的東西歸回適當的位置，重新整理一番，以迎接第二天早晨。假如你能保持清醒（不過當然你做不到啦），你會看見你自己的母親這麼做，並會發現從旁觀察她是件非常有趣的事。那很像是在整理抽屜。我猜，你會看見她跪著，興味盎然地細細察看你腦袋裡的內容，好奇你究竟從哪兒學到這些，找出討人喜愛和不那麼討喜的事物或想法，偶而將某樣東西貼在她的臉頰上，就像是看到可愛的小貓那樣抱著，然後匆忙地把不討喜的想法收到看不見的地方。等你早晨醒來，你上床時抱著的淘氣念頭和壞脾氣全都被折得小小的，放在腦子的最底層；而最上層是清清爽爽的美好想法，準備好等你使用。

我不知道你是否曾看過一個人的心思圖。醫生有時候會畫著人體身上器官的構造圖，看自己的構造圖尤其有趣，不過要是看到醫生正在嘗試畫小孩子的心思圖，你會發現那不光是雜亂無章，而且是一直不停地在繞圈子。上面有許多彎彎曲曲的線條，就像記錄體溫的卡片。這些線條可能是島上的道路，因為永無島大多時候呈現出來就是一座島的形狀，四處散落著令人驚異的色彩。你目光所及的海面上，有珊瑚礁和外觀輕巧的小船。島上有野蠻人和荒廢的獸穴、大多數是裁縫的地精、小河流過的一處處洞穴、六個哥哥的王子、一間朽壞的小屋；還有一位個子矮小、有著鷹鉤鼻的老婦人。如果這就是全部的話，那地圖畫起來還很簡單；可是這裡還有開學第一天、宗教、父親、圓形的水池、針線活、謀殺案、絞刑、與格動詞、吃巧克力布丁的日子、穿吊帶褲、背到九十九、自己拔牙就能得到三便士……等等，這些可能是永無島的一部分，也可能是在另一張隱約顯露的地圖中，總之，一切相當的混亂不清，尤其這裡頭沒有東西是靜止不動的，所有的東西都動來晃去。

當然每個人心中的永無島差異非常大。比方說，約翰的永無島上有座潟湖，湖上有許多紅鶴在飛翔，他正瞄準紅鶴射擊；而年紀還非常小的麥可，他的永無島上有隻紅鶴，上面有許多潟湖飛過。約翰住在一艘倒扣在沙灘上的船裡，麥可住在簡陋的棚屋裡，溫蒂則住在用樹葉靈巧地縫成的屋子裡。約翰沒有朋友，麥可只在夜裡有朋友，溫蒂有一隻遭父母遺棄的小狼當寵物。但是總括說來，他們的永無島還是有些家族特徵，要是全部靜靜地站成一排，你會說他們彼此的鼻子長得很像，或哪些地方很相似。在這些不可思議的海邊，玩耍的孩子總是將他們的小圓舟拖上岸。

我們也曾經到過那裡，如今我們仍能聽見浪潮聲，只是我們再也無法上岸了。

在所有令人愉悅的島嶼中，永無島是最舒適小巧的一座島，範圍不大，也不會太分散。也就是說，從一次冒險到下一次冒險之間的距離不會太冗長，而是緊密得恰到好處。白天你用椅子和桌布玩永無島遊戲時，一點也不可怕，但是在入睡前兩分鐘，永無島的冒險就會變得非常真實。這就是需要點亮夜燈的原因。

達林太太在她孩子的腦海中漫遊的時候，偶爾會發現一些她無法了解的事物，其中最令她費解的就是「彼得」這個名字。她不認識任何一位彼得，然而他出現在約翰和麥可的腦袋各處，而溫蒂的腦海更是塗滿了這個名字。這個名字的字體比其他任何字都要來得粗大、顯眼，達林太太細細凝視這個名字，感覺它看起來自命不凡地古怪。

溫蒂遺憾地承認：「沒錯，他是有點自大。」

達林太太一直不斷地質問她：「可是他到底是誰呢？我的寶貝？」

「他是彼得潘啊。妳知道的，媽媽。」

起先達林太太並不曉得，但是回想她自己的童年之後，她才想起一個名叫彼得潘的孩子。據說他和仙子住在一起。關於他有些奇怪的傳言，像是小孩子死掉的時候，他會陪他們走一段路，這樣他們就不會感到害怕。小時候，她相信他的確存在，可是現在她結了婚，懂了許多道理，因此相當懷疑是否真有這麼一號人物。

她對溫蒂說：「更何況，他現在應該長大了吧。」

「噢，不，他沒有長大。」溫蒂自信滿滿地向她保證，「而且他跟我一樣大。」溫蒂的意思是，彼得的身體和心智都和她一樣大。她不知道自己怎麼會知道這件事，反正她就是知道。

溫蒂的奇怪想法讓達林太太有點擔心，於是她去和達林先生商量。

但是他輕蔑地笑說：「聽我說，那是沒有根據的說法，一定是娜娜灌輸他們的，那是狗才會有的念頭罷了。別管了，他們自然會慢慢淡忘的。」

可是這念頭並沒有在孩子們腦袋中漸漸消失，不久這個愛惹麻煩的男孩讓達林太太大吃一驚。

孩子們常會經歷非常奇怪的遭遇，卻絲毫不覺得擔心害怕；例如，他們會在事件發生一個禮拜後，才突然想起來說，他們在森林裡遇到死去的父親，並且和他一起玩遊戲。有天早上，溫蒂就是以這樣漫不經心的口吻透露了一樁令人擔憂的事。他們在育嬰室的地板上發現了幾片樹葉，昨天晚上上床睡覺前，地上並沒有這些葉子。

達林太太正百思不得其解時，溫蒂寬容地笑著說：「我相信那一定又是彼得的傑作。」

「溫蒂，妳到底在說什麼呢？」

溫蒂嘆口氣說：「他實在太沒規矩了，進來也不擦擦腳。」她是個愛乾淨的孩子。她以相當平淡的口氣解釋說，她覺得彼得有時候夜裡會到育嬰室，坐在她的床尾，吹笛子給她聽。可惜的是，她從來沒清醒過，所以她不清楚自己是怎麼知道的，她就是知道有這麼回事。

「寶貝，妳在胡說什麼？沒有人能不敲門就進到屋裡來。」

她說：「我想他是從窗子進來的。」

「親愛的，這裡是三樓啊。」

「媽媽，葉子不是在窗戶底下發現的嗎？」

那些樹葉確實是在非常靠近窗戶的地方被發現。

達林太太不知道該怎麼辦才好，因為在溫蒂看來，這一切似乎非常的自然，你沒辦法用她是在作夢來解釋這一切。

母親大聲說：「我的孩子，妳為什麼以前沒有告訴我呢？」

溫蒂正急著去吃早餐，滿不在乎地說：「我忘了。」

噢，她肯定是在作夢沒錯。

但是話說回來，樹葉確實在那兒。達林太太非常仔細地檢視樹葉；這些樹葉只剩下葉脈，不過她可以斷定這些葉子絕不是從生長在英國的樹上掉下來的。她趴在地板，用蠟燭照著地板，仔細地找尋陌生人的腳印。她又拿起火鉗伸進煙囪裡捅攪、敲打牆壁；又從窗戶垂下一條帶子到人行道上，測量出高度足足有三十英尺，而且牆上沒有半根可以攀爬的水管。

溫蒂肯定是在作夢。

溫蒂並非在作夢，這件事在隔天晚上就被證實了。這幾個孩子的奇特冒險可說就是從那天晚上正式開始。

在我們所說的這天晚上，所有的孩子照例上床睡覺了。這天夜裡碰巧娜娜休假，達林太太為他們洗澡，唱歌給他們聽，直到他們一個接一個鬆開她的手，進入夢鄉。

一切看起來如此的安全又舒適，達林太太不禁覺得自己的擔心很可笑，於是她坐在火爐邊安靜地縫著衣服。

這是為麥可縫製的，準備給他在生日那天穿上的襯衫。可是爐火暖烘烘的，育嬰室裡又只點了三盞夜燈，光線昏暗，沒多久，達林太太手上縫著的衣服就落在膝蓋上；她的頭開始點了起來，噢，多麼優雅的姿態啊。她睡著了。看看房裡的四個人，溫蒂和麥可在那兒，約翰在這兒，達林太太在爐火邊，應該再點上第四盞夜燈的。

達林太太睡著後作了一個夢。她夢見永無島來到離她非常近的地方，一個陌生男孩從那兒鑽了出來。他並沒有驚嚇到她，因為她覺得以前曾在許多沒有孩子的女人臉上見過他，或許在有些母親的臉上也能看到他。然而在她夢中，他撕裂了遮掩永無島的那層薄幕，她看見溫蒂、約翰和麥可正透過那道裂縫窺望。

作夢原本是微不足道的小事，但是正當她在作夢的時候，育嬰室的窗戶突然打開了，一個男孩真的降落到地板上，還有一團不比拳頭大的奇怪光芒伴隨著他，那光芒彷佛是有生命似地在房間裡到處亂竄。

我想一定是這團光把達林太太驚醒了。

她大喊一聲，跳了起來，看見了那個男孩。不知怎地，她立刻就知道他是彼得潘。假如你或我、或是溫蒂在場，我們應該會發現他長得很像達林太太右嘴角上的那個吻。他是個可愛的小男孩，穿著用只剩葉脈的葉子和樹木流出的汁液所做成的衣服，但是他身上最迷人的地方是滿口的乳牙。他發現她是大人以後，便朝她齜牙咧嘴，露出一口小小的珍珠般的牙齒。

2 彼得的影子

達林太太放聲尖叫，房門回應門鈴響似地突然開了，剛夜遊返家的娜娜衝了進來，她連聲狂吠，朝男孩撲了過去，男孩輕快地跳出窗外。

達林太太又尖叫了起來，這回是替男孩緊張，她以為他摔死了。她跑下樓，到街上去尋找他小小的屍體，卻沒有找著；她抬起頭看向漆黑的夜空，只見到一道她以為是流星的亮光。

達林太太回到育嬰室，發現娜娜嘴裡叼著一個東西，原來是男孩的影子——他的影子來不及逃走。男孩跳向窗戶的時候，緊追上去的娜娜雖然沒能逮到他，不過卻及時拉下窗子；當窗子砰地一聲被關上時，把他的影子扯了下來。

你可以確定達林太太仔仔細細地檢查了影子，但那只是相當普通的影子罷了。

毫無疑問，娜娜知道該如何處置這個影子。她把影子晾在窗外，盤算的是：「他鐵定會回來拿影子，我們就把影子放在他能輕易拿到，又不會驚動到孩子們的地方吧。」

但是，達林太太不能把影子晾在窗子外，因為那看起來太像剛洗好的衣物，會降低房子的整體格調。她想過要把影子拿給達林先生看，但他正在計算約翰和麥可添購冬季厚大衣的花費，甚至在頭上綁了一條濕毛巾以保持頭腦清楚，這個時候最好不要打擾他；況且，她很清楚他會說什麼——「這全是因為我們雇了條狗來當保姆。」

於是達林太太決定把影子捲起來，小心翼翼地收在抽屜裡，等找到適當的時機再告訴她丈夫。哎呀！

一星期後，機會到來了，就在那個永遠不會被忘記的星期五。當然是星期五囉。

事後她常這樣對她丈夫說：「我遇到星期五應該要特別小心的。」此時娜娜通常會在她的另一側握著她的手。

達林先生總是說：「不，不，我才該為一切負責。我——喬治・達林——造成了這一切。皆吾之過，吾之過也。」受過古典教育的他，文謅謅地說。

他們就這樣一夜復一夜地坐著，回想那個致命的星期五；直到每個細節都深深刻印在他們的腦中，並從另一面穿透出來，宛如鑄壞了的硬幣。

達林太太說：「要是我沒接受二十七號的晚宴邀請就好了。」
達林先生說：「要是我沒把我的藥倒進娜娜的碗裡就好了。」
娜娜的淚眼如此述說著：「要是我假裝喜歡那些藥就好了。」
「都怪我喜歡參加宴會，喬治。」
「都怪我那害死人的幽默感，親愛的。」
「都怪我太在意芝麻蒜皮的小事，親愛的先生、夫人。」
然後他們其中一個或不只一個會徹底崩潰地大哭起來。
娜娜心裡想著：「沒錯，沒錯，他們是不該找隻狗來當保姆。」
有好多次都是達林先生拿手帕為娜娜擦拭眼淚。
達林先生會高聲喊：「那個惡魔！」
娜娜也會叫著附和。
但是達林太太從不斥責彼得，她的右嘴角上似乎有個什麼東西阻止她責罵彼得。
他們會坐在空蕩蕩的育嬰室裡，痴痴地回想那恐怖一夜裡每一個最微小的細節。那天晚上，一開始就像千百個其他的夜晚一樣平靜無事，娜娜為麥可倒了洗澡水，背他過去洗澡。

「我不要上床睡覺。」麥可大聲喊道，一副他對這件事有決定權的樣子。「我不要，我不要。娜娜，現在還不到六點呢。討厭，討厭，我再也不愛妳了，娜娜。我告訴妳，我不要洗澡，我不洗，我絕對不洗！」

這時達林太太穿著一襲雪白的晚禮服走了進來。她提早打扮是因為溫蒂愛看她穿晚禮服，戴著喬治送她的項鍊。她的手臂戴著溫蒂的手鐲，那是她向溫蒂借來的。溫蒂喜歡把手鐲借給她母親。

達林太太發現那兩個大孩子正在玩遊戲，一個扮演她，一個扮演父親，重演著溫蒂出生時的情景——

約翰模仿達林先生，用好像他真的在現場的口吻說：「我很高興告訴妳，達林太太，妳現在成為母親了。」

溫蒂開心得跳起舞來，就像真正的達林太太會有的反應一樣。

接著約翰出生了，由於是一個男孩，歡樂的場面更盛大。麥可洗好澡之後跑過來，要求也生下他，但是約翰殘忍地說，他們不想再生了。

麥可差點哭出來，「沒人要我。」

如此一來，那位身穿晚禮服的女士當然不會置之不理，她說：「我要，我很想要第三個孩子。」

麥可沒有抱著太大的希望地問：「男孩？還是女孩呢？」

「男孩。」

麥可聽了之後就撲進她的臂彎裡。

如今達林先生、達林太太和娜娜回想起來，這只不過是件無關緊要的小事，不過如果那是麥可在育嬰室的最後一夜，就不是件小事了。

他們繼續回憶——

「我就是在那時候像陣龍捲風似地衝進去，對不對？」達林先生會自嘲地說。他當時的確像一陣龍捲風。或許他是情有可原。當時他也正在為了參加宴會穿衣打扮，一切都很順利，直到打領帶的時候……

這件事說來讓人驚訝，但這個男人，儘管他熟知股票和股份的事，卻掌控不了他的領帶。有時候領帶毫無異議地任他擺佈，但有些時候如果他能嚥下自尊，戴上現成的領帶，全家就會安穩多了。

那天就遇到這種狀況。他急急忙忙地衝進育嬰室，手裡拿著皺巴巴的混帳小領帶。

「怎麼了？出了什麼事？親愛的孩子爸爸。」

他大叫，他真的是在吼叫：「什麼事！這條領帶繫不上去。」他變得極度的尖酸刻薄。「它沒法繫在我的脖子上！在床柱上就行！噢，是啦，我在床柱上繫了二十次，卻一次也沒辦法繫在脖子上！可惡，怎麼樣都不行！還求我饒了它呢！」

他覺得達林太太不夠在意他的話，於是嚴厲地繼續說：「我警告妳喔，孩子的媽，除非這條領帶繫在我的脖子上，否則我們今晚就不去赴宴了，要是我今晚不去宴會，我就再也不去上班了，要是我再也不去上班，妳和我就會餓死，我們的孩子就會流落街頭。」

即使如此，達林太太還是不慌不忙地說：「讓我試試吧，親愛的。」

事實上他來這裡正是想要她幫忙打領帶，她用靈巧、鎮定的手幫他繫上領帶。孩子們圍在旁邊站著，看他們的命運最終會如何。她這麼輕易就繫好了，有些男人會忿忿不平，不過達林先生性格豁達大度，毫不在意這些小節；他隨口向她道謝，馬上就忘了剛才生氣的事，轉眼間他已背著麥可在房裡跳起舞來。

現在回想起來，達林太太說：「那時我們玩鬧得多麼瘋狂啊！」

達林先生嘆息著說：「那是我們最後一次嬉鬧。」

「噢，喬治，你記得麥可突然對我說什麼嗎？他說：『媽媽，妳是怎麼認識我的呢？』。」

「我記得。」

「他們多討人喜歡啊。喬治，你不覺得嗎？」

「而且他們是我們的。我們的！可是現在他們卻走了。」

那次的嬉鬧以娜娜的出現而結束。

最不幸的是，達林先生撞到了她，長褲上沾滿了狗毛。那不僅是條新褲子，而且是他第一次穿有鑲邊的長褲。他不得不咬著嘴唇免得眼淚掉下來。當然達林太太替他刷乾淨了，但他又開始嘀咕雇一隻狗來當保姆是個錯誤。

「喬治，娜娜是個不可多得的保姆啊。」

「這點毫無疑問，不過有時候我會擔心她把孩子當成小狗看待。」

「噢，不，親愛的，我敢肯定她知道他們是有靈魂的。」

達林先生沉思地說：「那可難說，我很懷疑。」

這時，達林太太覺得時機到了，可以告訴他，關於那個男孩的事了。起先，他對這故事嗤之以鼻，不過在她拿影子給他看了之後，他開始沉思起來。

「這不是我認識的人。」他邊說邊仔細地察看影子，「不過看起來的確像是個壞蛋。」

「妳記得嗎？我們還正在討論著呢，」達林先生說，「就在那時候娜娜帶著麥可的藥進來。娜娜，妳再也用不著用嘴巴叼著藥瓶了，這全是我的錯。」

雖然他是個堅強的男人，但在吃藥這件事上，他無疑地表現得非常可笑。要說他有什麼弱點，那就是他自認為自己這輩子吃藥都很勇敢，因此現在當麥可閃躲娜娜嘴裡的湯匙時，他斥責道：「麥可，要像個男子漢。」

麥可不聽話地大喊：「不要，我不要！」

達林太太離開房間去拿巧克力給他。

達林先生則認為態度要堅定，他對著她身後喊道：「孩子的媽，別縱容他。麥可，我像你這麼大的時候，都一聲不吭就把藥吃下去。我還說：『慈愛的爸爸媽媽，感謝你們給我吃藥，讓我身體好起來。』。」

達林先生這麼說的時候，真的認為這些都是事實。此時穿著睡衣的溫蒂也相信如此。於是為了鼓勵麥可，她說：「爸爸，你有時候吃的藥比麥可的還要難吃，對不對？」

達林先生英勇地說：「難吃多了。要不是我的那瓶藥弄丟了，麥可，我現在就可以示範吃藥給你看。」

達林先生並不是真的把藥給弄丟了；他是在三更半夜爬到衣櫃頂端，把藥瓶藏在那兒。他不知道的是，忠實的女僕莉莎發現了藥瓶，並且放回他的盥洗台上了。

「爸爸，我知道藥瓶在哪裡。」溫蒂大喊，她向來很樂意效勞。「我去拿過來。」他還來不及阻止，她就已經跑走了。達林先生立刻垂頭喪氣了起來。

達林先生打了個寒顫說：「約翰，那是最難吃的藥，又黏又甜，味道噁心死了。」

約翰興高采烈地說：「一下子就結束了，爸爸。」

不一會兒，溫蒂急匆匆地跑進來，拿著一個玻璃杯的藥水，氣喘吁吁地說：「我已經盡快拿來了。」

「妳的速度可真不是普通的快啊。」她父親彬彬有禮，但有點鬥氣地反駁，不過她完全沒注意到。他固執地說：「麥可先吃。」

天性多疑的麥可說：「爸爸先吃。」

達林先生威脅說：「我會吐喔，你知道吧。」

約翰說：「吃吧，爸爸。」

他父親厲聲說：「約翰，你閉嘴。」

「爸爸，我以為你可以很輕鬆地吃下去呢。」溫蒂被搞糊塗了。

達林先生驕傲的心幾乎快要爆炸了，反駁道：「那不是重點。重點是，我杯子裡的藥比麥可湯匙裡的多。這不公平，就算只剩最後一口氣，我也要說這不公平。」
麥可冷冷地說：「爸，我在等你呢。」
「說得倒好聽，你在等，我也在等呢。」
「爸爸是個沒骨氣的膽小鬼。」
「你才是沒骨氣的膽小鬼。」
「我才不怕呢。」
「我也不怕。」
「很好，那你把藥喝了啊。」
「好啊，你喝啊。」
溫蒂想到了一個絕妙的主意。「乾脆兩個人同時喝好了？」
達林先生說：「沒問題。麥可，你準備好了嗎？」
溫蒂負責下指令，一、二、三——麥可喝下他的藥，但是達林先生卻將他的藥偷偷藏到背後。
麥可生氣地大叫。溫蒂驚呼一聲：「噢，爸爸！」
達林先生質問道：「妳說『噢，爸爸』是什麼意思？別再吵鬧了，麥可。我是打算喝下藥，不過我——我沒吃到。」

他們不服氣似地看著達林先生，三個人盯著他的眼神很可怕。

娜娜一走進浴室，他就立刻哀求著說：「你們三個，看這裡。我剛想到一個很棒的玩笑。我把藥倒進娜娜的碗裡，她會以為是牛奶喝下去。」

藥的顏色是像牛奶，但是孩子們沒有爸爸的幽默感，他們用責備的眼神看著他把藥倒進娜娜的碗中。

達林先生沒有把握地說：「多麼有趣啊。」

不過當達林太太和娜娜回來的時候，他們卻不敢揭穿他。

達林先生輕拍著娜娜，「娜娜，乖狗兒。我在妳的碗裡倒了些牛奶。」

娜娜搖著尾巴跑向那碗藥，開始舔了起來。隨後她朝達林先生看了一眼，眼神流露的不是憤怒，但她流下的那滴又大又紅的眼淚，讓我們都為這樣高尚的狗感到難過，之後她爬進自己的狗窩。

達林先生感到非常慚愧，但是他不肯讓步。

在一片可怕的沉寂中，達林太太嗅了嗅那個碗，說：「噢，喬治，這是你的藥啊。」

達林先生咆哮著說：「只是開個玩笑而已。」

達林太太安慰兩個男孩，溫蒂跑去擁抱娜娜。

達林先生苦澀地說：「很好，我這麼拚命，不就是想要讓這個家開開心心的。」

但溫蒂仍然抱著娜娜。

達林先生大吼：「好啦，你們全都向著她吧，沒人向著我。沒有半個人！我只不過是個賺錢養家的人，何必討好我呢——為什麼，為什麼，為什麼？」

達林太太懇求他，「喬治，別那麼大聲，僕人們會聽到的。」不知道為什麼他們習慣叫莉莎為「僕人們」。

達林先生不顧一切地回答：「就讓他們聽見好了，讓全世界都聽見。但是我拒絕再讓那隻狗在我的育嬰室裡作威作福，連一個鐘頭也不行。」

孩子們哭了起來，娜娜跑到他面前哀求，但他揮手叫她走開。達林先生覺得自己又是個堅強的男子漢了，他大聲喊：「沒用啦，沒用啦！最適合妳的地方是院子，現在就把妳拴到那裡去。」

達林太太低聲說：「喬治，喬治，別忘了我跟你說的那個男孩的事。」

唉，可惜，達林先生根本聽不進去。他下定決心要證明誰才是這個家的主人，當他的命令無法讓娜娜離開狗窩，他便用甜言蜜語哄她出來，然後粗暴地抓住她，將她拖出育嬰室。他為自己感到羞愧，但他還是做了。這全都歸咎於他天生感情太過豐富，渴望得到人家的仰慕。當他把娜娜拴綁在後院後，這個可憐的父親走到前廊坐了下來，用指節遮住雙眼。

在此同時，達林太太在罕見的寂靜中打發孩子上床睡覺，她點亮了夜燈。他們能聽見娜娜的叫聲，約翰嗚咽著說：「那是因為爸爸用鍊子把她拴在院子裡。」溫蒂更為聰明，她說：「那不是娜娜不高興時的叫聲，那是她聞到危險氣息時的叫聲。」不過她也沒有猜到即將發生的事。

危險！

「溫蒂，妳確定嗎？」

「噢，當然確定。」

達林太太顫抖著走到窗邊，確定窗子牢牢地關著。她看向窗外，夜空中布滿了星星，密密麻麻地聚集在屋子四周，彷彿好奇地想知道屋子裡即將發生什麼事。可是達林太太並沒有留意到，也沒發現有一兩顆小星星在對她眨眼睛。然而一種莫名的恐懼感緊揪住她的心，讓她不由得喊道：「噢，我多麼希望我今晚不用去參加宴會。」

已經半睡半醒的麥可也感受到她內心不安，他問：「媽媽，夜燈已經點亮了，還有什麼東西能傷害我們嗎？」

「沒有，寶貝。夜燈是媽媽留下來保護孩子的眼睛。」

達林太太輪流走到每張床邊，為他們哼唱迷人的曲子。

小麥可張開兩隻臂膀摟住她，喊道：「媽媽，我很高興有妳在身邊。」

這是她聽見他說的最後一句話，之後很長一段時間，她再也聽不到他說話了。

二十七號只距離達林家幾碼遠，不過那天下了一場小雪，因此達林先生和太太必須靈巧小心地行走，以免弄髒鞋子；街道上只剩下他們二人，所有的星星都看著他們。

星星很美，但不會主動參與任何事情，永遠只能在一旁觀望。那是對他們的懲罰，因為他們很久以前做了錯事，不過現在沒有星星知道究竟是什麼事了。因此老一輩的星星變得目光呆滯，很少說話（眨眼是星星的語言），但是小星星仍然好奇。

其實星星和彼得的交情並不好，彼得總是愛惡作劇，鬼鬼祟祟地溜到星星的背後，想把星星吹走。不過他們太喜歡找樂子看熱鬧了，因此今晚都站在他那邊，急著把大人支開。所以當達林夫婦走進二十七號的大門，門一關上，天空中立刻起了一陣騷動，銀河裡所有星星中最小的一顆高聲喊：「彼得，趁現在！」

3 走吧，走吧！

達林夫婦離開家之後，有一段時間，三個孩子床邊的夜燈仍繼續明亮地點著。這是三盞非常棒的小夜燈，讓人忍不住希望夜燈能清醒著，看見彼得；可是溫蒂的燈眨了眨眼睛，打了個大呵欠，惹得另外兩盞夜燈也跟著打起呵欠，然後三盞燈都還來不及閉上嘴巴，就全部熄滅了。

此刻房間裡出現了另一道光，比夜燈亮上一千倍。就在我們說話的時候，那道光早已鑽進育嬰室所有的抽屜，找尋著彼得的影子；它翻遍衣櫃，徹底搜過每一個口袋。其實那不是光，只是它閃著光飛來飛去，而且速度極快，所以看起來像道光。然而當它靜止不動休息片刻的時候，你會發現它是個仙子，個子還不及你的手長，不過它還在成長。那是個名叫叮噹鈴的女孩，她穿著用只有葉脈的葉子製成的平口禮服，剪裁合身的衣服顯現出她略微豐滿的身材。

仙子進到屋裡不久，窗戶就被小星星的氣息吹開，彼得跳了進來。因為他帶著叮噹鈴飛了一段路，所以手上還沾著許多仙粉。

彼得確定孩子都睡著以後，輕聲地呼喚：「叮噹鈴，叮噹，妳在哪裡？」

這時候她在一個罐子裡，她愛極了那個地方。她以前沒有進去過罐子。

「噢，快從那個罐子出來吧。告訴我，妳知不知道他們把我的影子放到哪裡去了？」

回答他的是一聲宛如金鈴的可愛叮噹聲。那是仙子的語言。一般的孩子永遠不會聽見。不過如果你聽到了，你就會知道你以前曾經聽過。

叮噹說影子在大箱子裡，她指的是那個五斗櫃。彼得跳到櫃子的抽屜前，用兩隻手抓出裡面的東西撒在地板上，好像國王把半便士撒向民眾一般。不一會兒他就找到了自己的影子，但他一高興就不小心把叮噹鈴關在抽屜裡了。

要是他會思考，但我相信他從沒思考過，他會設想當他和他的影子彼此靠近時，應當會像水滴一樣地結合在一起。但他和影子卻沒有結合起來，把他嚇壞了。他試圖用浴室的肥皂把影子黏到身上，可是這招也行不通。彼得渾身打了個冷顫，坐到地板上哭了起來。

彼得的啜泣聲吵醒了溫蒂，她在床上坐起身來。看見一個陌生人坐在育嬰室地板上哭泣，她並不驚慌，只覺得有趣而開心。

溫蒂有禮貌地說：「小男孩，你為什麼在哭呢？」

彼得也可以非常有禮貌，他在仙子的典禮中學過莊重的舉止，因此他站起來，姿態優美地朝她鞠個躬。她非常地高興，也從床上優雅地向他鞠躬回禮。

他問：「妳叫什麼名字？」

她有點得意地回答：「溫蒂・莫伊拉・安琪拉・達林。那你叫什麼名字呢？」

「彼得潘。」

溫蒂早已確信他一定是彼得，不過這名字似乎顯得有點短。

「就這樣而已嗎？」

「對。」彼得語調頗為尖銳地說，他第一次覺得自己的名字太短了。

溫蒂・莫伊拉・安琪拉說：「我很抱歉。」

彼得吸了一大口氣，「沒關係啦。」

溫蒂問他住在哪裡。

彼得說：「右手邊第二條路，然後向前直走，一直走到天亮。」

「多麼好笑的住址啊。」

彼得有點頹喪，他第一次覺得也許這個地址很奇怪，但嘴上仍說：「才不好笑呢。」

溫蒂想起自己是女主人，於是親切地說：「我的意思是，那是寫在信封上的地址嗎？」

彼得真希望她沒提到信件這回事。

他輕蔑地說：「我從沒收過任何信。」

「可是你媽媽總會收到信吧？」

「我沒有媽媽。」彼得不只沒有母親，而且一點也不想要有母親。他覺得人們給母親的評價實在過高。

可是，溫蒂立刻覺得這是一齣悲劇。

「噢，彼得，難怪你剛才在哭。」她說著下床跑向他。

彼得相當氣憤地說：「我才不是因為沒有媽媽在哭呢。我哭是因為我沒辦法把我的影子黏回去。再說，我也沒有哭。」

「你的影子掉下來了嗎？」

「對。」

這時溫蒂看見地板上的影子，看起來被拖得髒兮兮的，她為彼得感到非常難過。「真是糟糕！」但她看見他想用肥皂把影子黏回去時，忍不住笑了，真是十足像個孩子。幸好她馬上就知道該怎麼辦，「這得用縫的才行。」溫蒂的態度有點居高臨下。

彼得問：「什麼是縫？」

「你真是什麼都不知道耶。」

「不，我才不是呢。」

不過溫蒂非常高興彼得什麼也不知道。儘管他和她一樣高，她說：「我會幫你縫回去，我的小傢伙。」溫蒂拿出針線包，準備將影子縫到彼得的腳上，她警告他，「我猜會有一點點痛喔。」

彼得說：「哦，我不會哭的。」他自認為他這輩子從來沒有哭過了。他果然咬緊牙關，沒哭出來。

不一會兒，彼得的影子就活動如常了，只是還有點皺。

溫蒂體貼地說：「也許我應該用熨斗燙一下。」

不過彼得就像其他男孩一樣，一點也不在意外表。他現在正興高采烈地跳來跳去。

唉，他忘記自己能這麼開心是溫蒂賜予的，他還以為是自己把影子黏回去的呢。「我多麼地聰明啊。」他歡天喜地地叫嚷著，「噢，我真是太聰明了。」
彼得的自負正是他最迷人的特質之一，但不得不承認這一點實在是很丟臉。直截了當地說，從來沒有比他更自命不凡的男孩了。
溫蒂對他的驕傲自負感到驚訝不已，她大聲諷刺地說：「你這個自大狂，當然啦，我什麼都沒做！」
「妳幫了一點點忙。」彼得漫不經心地說，繼續跳舞。
她態度高傲地回答：「一點點！既然我沒有用，那我至少可以退出吧。」說完她以最具尊嚴的姿態跳回床上，用毯子蓋住臉蛋。
為了吸引她抬起頭來看，彼得裝出要離開的樣子，但這招失敗了。於是他坐到她的床尾，用腳輕輕地碰她。他說：「溫蒂，別退出啦。我一高興就忍不住自誇了嘛。」
雖然溫蒂熱切地聽著，但是仍然不肯抬起頭來。
「溫蒂。」彼得繼續說，他的聲音沒有任何女人能夠抗拒。「溫蒂，一個女孩比二十個男孩還要有用呢。」
此刻溫蒂全身每一寸都是十足的女人，儘管她身高沒有很多吋。她從被單下探出頭來。「你真的這麼想嗎，彼得？」

「對，我是真的這麼想。」

「我覺得你實在太可愛了。」溫蒂宣布，「我要再起床了。」於是她和他一起坐在床邊。她還說如果他喜歡，她可以給他一個吻，但是彼得不明白她的意思，他滿懷期待地伸出手來。

溫蒂大吃一驚地問：「你當然知道什麼是吻吧？」

彼得生硬地回答：「等妳給我的時候我就知道囉。」

為了不傷害彼得的感情，溫蒂給了他一個頂針。

彼得說：「現在，我可以給妳一個吻嗎？」

溫蒂帶點拘謹地回答：「如果你想的話。」

溫蒂自己把臉朝他湊過去，顯得不那麼尊貴。不過他只是把一粒橡實鈕子放到她手裡。因此她慢慢地把臉退回原來的位置，溫柔地說她會把他的吻用鍊子串起來，戴到脖子上。幸好她真的把那粒橡實鈕子串到鍊子並戴上，因為後來這粒橡實鈕子救了她一命。

在這個故事中，大家互相介紹的時候，習慣問彼此的年紀。因此做事向來喜歡符合規矩的溫蒂，這時便問彼得多大年紀。這問題對彼得來說實在不恰當；就好像當你希望考題是回答英國的歷任國王，考試卷上的題目卻是在測驗文法。

彼得不自在地回答：「我不清楚。不過我還很小。」他真的對自己的年齡一無所知，他只有一些猜測。但是他冒昧地說出來：「溫蒂，我出生那天就逃家了。」

溫蒂十分驚訝，但也很感興趣；她用優雅的社交禮儀，輕輕碰一下自己的睡衣，暗示他可以坐得離她近一些。

彼得低聲解釋：「因為我聽見爸爸媽媽在談論，我長大成人以後會變成什麼樣的人。」他忽然非常激動，激憤地說：「我才不想變成男人呢，我想要永遠當個小男孩，開開心心地玩。所以我就跑到肯辛頓公園和仙子們住在一起，已經過了很長很長的一段時間。」

溫蒂用崇拜的眼神看著他。他以為是因為他離家出走，不過其實是因為他認識仙子。溫蒂一直過著平凡的家庭生活，所以她認為和仙子作朋友肯定很快樂。她接連不斷地問了一堆有關仙子的問題，這令他非常驚訝，因為他覺得仙子挺惹人厭，常常擋他的路之類的討厭舉動，他有時候甚至不得不揍他們一頓。不過，整體來說他還是喜歡仙子，他告訴溫蒂關於仙子的由來。

「妳知道，溫蒂，當第一個嬰兒第一次發出笑聲的時候，他的笑會裂成上千片，這些碎片四處蹦來跳去，那就是仙子的由來。」
這話無聊透了。但溫蒂是個總待在家裡的孩子，所以仍然聽得津津有味。
彼得和善地繼續說：「所以呢，每個男孩和女孩都應該有個仙子。」
「應該？但實際上沒有嗎？」
「沒有。現在的小孩懂得太多了，他們很快就不再相信仙子，每當有小孩子說：『我才不相信仙子呢。』在某個地方就有一個仙子跌下來死掉。」
彼得覺得他們聊仙子的事聊得夠多了，這時他突然想到叮噹鈴一直沒有出聲。
「我想不出來她會到哪裡去了？」彼得邊說邊起身，呼喚叮噹的名字。
溫蒂的心臟忽然興奮地鼓動起來，她緊緊抓住他喊：「彼得，你該不會是要告訴我，這房間裡有個仙子吧！」
彼得有點不耐煩地說：「她剛才在這兒啊。妳聽不見她的聲音吧？」
他們兩人都豎耳聆聽。
溫蒂說：「我唯一聽到的聲音是像叮叮噹噹的鈴聲。」
「對了，那就是叮噹。那是仙子的語言。我想我也聽見她的聲音了。」
那聲音是從五斗櫃裡傳來的，彼得一臉高興的樣子。沒人能看起來比彼得更開心了，最可愛的是他咯咯的笑聲。他仍保有他最初的笑聲。

彼得欣喜地低聲說：「溫蒂，我想我把她關在抽屜裡了。」

彼得把可憐的叮噹從抽屜放了出來。叮噹在育嬰室飛來飛去，生氣地大聲尖叫。彼得反駁道：「妳不該說那種話，我當然非常對不起妳，可是我怎麼知道妳在抽屜裡呢？」

溫蒂根本沒在聽他說話，她喊道：「噢，彼得，要是她能站著不動，讓我看看她就好了！」

彼得說：「他們很少停下來靜止不動。」

可是有一瞬間，溫蒂看見那奇幻的身影停在咕咕鐘上，儘管叮噹的臉仍然氣得有點扭曲，溫蒂還是喊道：「噢，多麼可愛啊！」

彼得用親切的語調說：「叮噹！這位小姐說她希望妳當她的仙子呢。」

叮噹鈴的回答很無禮。

溫蒂問：「彼得，她說什麼？」

彼得不得不翻譯：「她不是很有禮貌。她說妳是個巨大的醜八怪，而且她是我的仙子。」

彼得努力和叮噹爭論：「妳知道妳不能當我的仙子。叮噹，因為我是個紳士，而妳是個淑女。」

對於彼得的話，叮噹的回答是：「你這個大笨蛋！」說完她就飛進浴室，消失了。

彼得抱歉的解釋說：「她是個很普通的仙子。她的名字叫叮噹鈴，因為她負責修補鍋子和水壺之類的東西[1]。」

此時他們一起坐在扶手椅上，溫蒂不斷向他提出更多的問題。

「如果你現在不住在肯辛頓公園——」

「我有時候還住在那兒。」

「那你現在大多時候都住在哪裡呢？」

「和走失的男孩住在一起。」

「他們是誰啊？」

「他們是保姆沒注意時，從搖籃車掉出來的孩子。要是七天之內沒被人認領回去，就會被送到遙遠的永無島去支付費用。我是他們的隊長。」

「那肯定很有趣。」

狡猾的彼得說：「是滿好玩的，不過我們很寂寞呢。我們都沒有女的同伴。」

「那些孩子裡沒有女生嗎？」

「噢，沒有啊。妳知道的，女孩子太聰明了，不會從搖籃車上掉出來。」

溫蒂聽到這話高興極了。「我覺得，你說的這些有關女孩子的評價真是太好了；那邊那個約翰就只會輕視我們。」

彼得的回應是，起身將約翰踢下床，連同毯子和所有東西都一腳踢到地上。對溫蒂來說，第一次見面就這樣似乎太莽撞了，她氣呼呼地對彼得說，他在她家可不是隊長。不過，約翰在地板上仍然睡得很安穩，因此她任由他繼續睡在那兒。

溫蒂的口氣變得溫和些，「我知道你是一番好意，所以你可以給我一個吻。」溫蒂一時忘記彼得不知道什麼是吻。

彼得有點傷心地說：「我就猜到妳會要回去。」他拿出頂針要還給她。

親切的溫蒂說：「噢，親愛的，我不是說要一個吻啦，我想要頂針。」

「那是什麼？」

溫蒂親了彼得一下，「就像這樣。」

彼得認真地說：「真有意思。現在我也可以給妳一個頂針嗎？」

1 叮噹鈴的英文是Tinker Bell，其中Tinker的意思是補鍋匠。

溫蒂說：「如果你想要的話。」這次她把頭挺得直直的。

彼得給了她一個頂針，幾乎就在同時，溫蒂尖叫了起來。

「怎麼了？溫蒂？」

「好像有人在扯我頭髮似的。」

「那鐵定是叮噹。我從來不知道她這麼頑皮。」

的確，叮噹又到處飛來飛去，嘴裡說著一些無禮的話。

「溫蒂，她說每次我給妳一個頂針，她就會那樣對妳。」

「可是為什麼呢？」

「叮噹，為什麼？」

叮噹再次回答：「你這個大笨蛋！」

彼得還是不了解究竟為什麼，但是溫蒂明白了。她只是有點失望，彼得承認他到育嬰室的窗邊不是為了看她，而是為了聽故事。

「妳知道，我從來沒聽過任何故事。那些走失的男孩也沒有一個人聽過故事。」

溫蒂說：「真是太糟糕了。」

彼得問：「妳知道燕子為什麼要在屋簷下築巢嗎？就是為了聽故事。噢，溫蒂，妳媽媽那天講的故事真是好聽啊。」

「哪個故事？」

「就是那個王子找不到穿玻璃鞋的姑娘。」

溫蒂興奮地說：「彼得，那是灰姑娘啊。他後來找到她了，他們從此過著幸福快樂的日子。」

彼得高興得從坐著的地板上跳起來，匆匆忙忙地奔向窗戶。

溫蒂擔心地喊道：「你要去哪裡？」

「去告訴其他男孩啊。」

溫蒂懇求他說：「別走，彼得。我知道很多、很多故事喔。」

那千真萬確是溫蒂親口說的話，因此不可否認，一開始是她先誘惑他的。

彼得退回房間來，眼中露出熱切渴望的神色，這原本應當讓溫蒂心生警惕，但她並沒有。

溫蒂大聲說：「噢，我能講好多故事給那些男孩聽呢。」

彼得抓住溫蒂，拉著她走向窗戶。

溫蒂命令他，「放開我！」

「溫蒂，跟我走吧，講故事給其他的男孩聽。」

溫蒂當然非常樂意受到邀請，不過她說：「噢，親愛的，我不能去。想想我的媽咪。再說，我也不會飛啊！」

「我來教妳。」

「噢，能飛多麼好啊。」

「我教妳怎麼跳上風的背，然後我們就可以飛了。」

她興高采烈地驚呼：「哇！」

「溫蒂呀，溫蒂，妳何必睡在無聊的床上呢，妳明明可以和我一起到處飛翔，對星星說些好玩的事情嘛。」

「哇！」

「而且，溫蒂，還有美人魚哦。」

「美人魚！有尾巴的嗎？」

「尾巴這麼長呢。」

溫蒂喊著：「噢！」

「去看美人魚。」彼得狡猾透了，他繼續說：「溫蒂，我們大家會多麼尊敬妳啊。」

溫蒂苦惱地扭動身體，好像她正努力留在育嬰室地板上似的。可是彼得一點也不同情她。

這狡猾的傢伙又說：「溫蒂，妳晚上還可以幫我們蓋被子。」

「哇！」

「晚上從來沒有人幫我們蓋過被子。」

「噢。」溫蒂向彼得伸出雙臂。

「另外，妳還可以幫我們縫補衣服，幫我們做口袋。我們沒有人有口袋。」

溫蒂怎麼抗拒得了呢，她大聲說：「這些真是太吸引人了！彼得，你也可以教約翰和麥可飛嗎？」

彼得滿不在乎地說：「如果妳希望的話。」

於是她跑到約翰和麥可身邊，搖醒他們，「快醒來，彼得潘來了，他要教我們飛呢。」

約翰揉著眼睛，說：「那我要起床了。」當然他早已在地板上了。「嘿，我已經起來了呢。」

這時麥可也起來了，他看上去精神非常抖擻，像一把有六片刀刃和一個鋸片的小刀那樣鋒利。

但是彼得卻突然比手勢，要大家安靜。

他們臉上露出嚴肅、狡猾的表情，那是孩子在聆聽大人世界傳來聲響時的神情；所有人都一動也不動。好了，一切都妥當了。不，停住！一切都不對勁。整晚苦惱得吠不停的娜娜，這時卻安靜下來。他們聽到她的沉默。

約翰喊道：「把燈熄掉！躲起來！快！」那是他在整場冒險當中，唯一一次發號施令。

因此當莉莎牽著娜娜走進來時，育嬰室看起來和原本一樣，一片漆黑。你會發誓你聽見三個淘氣小孩發出熟睡時如天使般的呼吸聲。其實他們是從窗簾後面巧妙地裝出來的。

莉莎心情不大好，她正在廚房攪拌聖誕布丁，就因為娜娜可笑的疑心病，她不得不放下工作，臉頰上還黏著一粒葡萄乾呢。她想，要得到一點清靜的最好辦法就是帶娜娜到育嬰室看一下，不過當然是在她的監管下。

「喏，妳這多疑的畜生。」莉莎一點也不同情娜娜丟了臉。「他們安全得很哪，不是嗎？每個小天使都在床上熟睡呢，聽聽他們輕柔的呼吸聲。」

這時麥可受到成功的鼓舞，呼吸得更大聲些，差點就被識破了。娜娜很清楚那種呼吸聲，奮力想掙脫莉莎緊抓住她的手。

可是莉莎冥頑不靈，嚴厲地說：「別再這樣了，娜娜。」她將娜娜拉出育嬰室。「我警告妳，妳再叫的話，我就馬上去把主人和夫人從宴席上請回來，到時候，等著瞧吧，主人不拿鞭子抽妳才怪。」

莉莎又把不幸的狗兒拴起來。可是你認為娜娜會因此停止狂吠嗎？把主人和夫人從宴席上請回來，哎呀，那不正是娜娜求之不得的嗎？只要她負責照顧的孩子平安無事，你認為她會在乎自己挨鞭子嗎？不幸的是，莉莎回去繼續做布丁，娜娜眼看無法得到她的協助，於是不斷拚命地拉扯鍊子，最後終於扯斷了鍊子。

下一刻鐘，她就已經衝進二十七號公館的餐廳，將兩隻腳掌高高舉向天空，那是她與人溝通最能清楚表達意思的方法。達林先生和達林太太立刻明白育嬰室裡發生了嚴重的事，顧不得和晚宴的女主人道別便火速奔到街上。

但是這時離三個小壞蛋躲在窗簾後面呼吸已經過了十分鐘；在十分鐘內，彼得潘可以做許多事情。

現在我們回到育嬰室吧。

「沒事了。」約翰宣布，從藏身的地方跑出來。「我說，彼得，你真的會飛嗎？」

彼得懶得回答他，直接繞著房間飛起來，遇到壁爐架還會繞過去。

約翰和麥可說：「真是太棒了！」

溫蒂喊道：「好厲害啊！」

彼得說：「對啊，我好厲害。噢，我太厲害了！」他又忘了禮貌。

飛行看起來輕鬆愉快又簡單。他們先在地板上嘗試，接著又到床上試，不過總是往下掉，沒有飛起來。

約翰揉著膝蓋問：「喂，你到底是怎麼飛起來的啊？」他是個講求實際的男孩。

彼得解釋說：「只要想著愉快美妙的念頭，那些念頭就會把你抬到空中了。」

彼得再示範一次給他們看。

約翰說：「太快了，你不能放慢速度嗎？」

彼得用慢動作和快動作又各示範了一次。

約翰大聲說：「我懂了，溫蒂。」可是他很快就發現自己並沒有抓到竅門。

他們沒有一個人能飛一寸遠。雖然麥可都認識兩個音節的單字，而彼得卻不認識二十六個字母。

毫無疑問地，彼得是在跟他們開玩笑，因為除非身上沾了仙粉，否則沒有人飛得起來。幸好，如我們之前提過的，他的一隻手上沾滿了仙粉，於是他朝他們每個人身上吹一點仙粉，就產生了絕佳的效果。

彼得說：「現在只要像這樣擺動你們的肩膀，然後起飛。」

他們全都在床上，勇敢的麥可最先起飛；他原本沒打算起飛，但是竟飛起來了，而且一下子就飛到房間的另一邊。

「我飛起來了！」麥可放聲大叫，身子仍在半空中。

接著約翰也起飛了，在浴室附近碰上了溫蒂。

「噢，太妙了！」

「噢，棒極了！」

「看看我！」

「看我！」

「看看我啊！」

他們忍不住會踢動一下雙腿，不像彼得飛得那麼優雅，不過他們的頭已經一下又一下得碰到了天花板，幾乎沒什麼比這更令人高興的事了。一開始彼得還伸手幫溫蒂一把，但是不得不停手，因為叮噹非常氣憤。

他們飛上飛下，繞了一圈又一圈。溫蒂的形容是，簡直像上了天堂一樣。

約翰喊道：「我說啊，我們大家何不乾脆飛出去呢？」

當然這正是彼得一直想引誘他們去做的事。

麥可準備好了，他想看看自己飛十億英里要花多少時間。

不過溫蒂猶豫了。

「有美人魚喔！」彼得再說一次。

「哇！」

「還有海盜呢。」

「海盜！」約翰大叫，一把抓起他星期天戴的帽子。「我們馬上走吧。」

就在這時，達林先生和達林太太匆匆忙忙地和娜娜一起奔出二十七號的大門。他們跑到街道中央，仰頭看向育嬰室的窗戶；是的，窗子仍關著。不過房間內燈火通明，而最叫人膽戰心驚的景象是，他們看見映在窗簾上三個穿睡衣的小人影，不斷地在房間裡繞圈子，但不是在地板上，而是在半空中。

不是三個人影，是四個！

他們顫抖著打開面向街道的大門。達林先生正要衝上樓去，但是達林太太向他打手勢，示意他把腳步放輕一點。她甚至試圖壓抑自己猛烈的心跳。

他們能及時趕到育嬰室嗎？

要是來得及，他們將會多麼高興啊！我們大家也能鬆一口氣，可是這樣一來就沒有故事可講了。

另一方面，要是他們來不及，我鄭重地向大家保證：最後一定會有個圓滿的結局。

他們原本來得及趕到育嬰室，要不是小星星一直監視著他們。

星星再度吹開窗子，所有星星中最小的那顆大聲喊道：「彼得，小心！」

於是彼得知道一刻也不能耽擱了，急切地大喊：「來吧！」他立刻飛到外面的夜空中，後面跟著約翰、麥可和溫蒂。

達林先生、達林太太和娜娜衝進育嬰室，但遲了一步。

鳥兒們已經飛走了。

4 飛行

「右手邊第二條路，然後向前直走，一直走到天亮。」

彼得告訴過溫蒂，這是前往永無島的路；但是就算鳥兒帶著地圖，並在每個颳風的轉彎處查看地圖，也沒辦法只按照這些指示就發現永無島。

你要知道，彼得是腦袋裡想到什麼就隨口說出來而已。起先他的同伴對他深信不疑，加上飛行實在太有趣了，因此他們浪費了許多時間，繞著沿途他們看中意的教堂尖塔或其他任何高聳的物體飛行。

約翰和麥可比賽誰飛得比較快，結果麥可遙遙領先。

不久之前，他們還因為能在房間裡飛來飛去就自以為了不起呢，回想起來真是丟臉。

不久之前。可是到底是多久以前呢？他們正飛過一片大海的時候，這個問題開始令溫蒂感到極為不安。

約翰認為這是他們飛越的第二片海洋和第三個夜晚。

天色時而昏暗，時而明亮。有時非常寒冷，有時又過於暖和。也不知道他們有時候是真的覺得餓，或者只是假裝肚子餓，因為彼得為他們找食物的方法非常新鮮有趣呢；他的方法是追逐鳥兒，從牠們嘴裡奪取適合人類的食物；鳥兒當然會追過來再搶奪回去；於是他們快樂地互相追逐了好幾英里，最後彼此表達善意後道別。

然而溫蒂有點擔憂地注意到，彼得似乎並不知道用這種方法覓食很古怪，甚至不知道有其他的覓食方法。

當然他們不需要假裝想睡覺，他們真的睏了；這是很危險的，因為他們一打瞌睡，就馬上會直直往下墜落。糟糕的是，彼得覺得這樣子很好玩。

當麥可突然像塊石頭往下墜的時候，彼得竟然興高采烈地大叫：「他又掉下去了！」

溫蒂高聲喊：「救救他，快救他啊！」她害怕地看著底下距離遙遠的無情大海。最後彼得從空中往下俯衝，在麥可即將掉進海裡之前及時抓住了他。彼得的身手非常漂亮；不過他總是要等到最後一刻才出手。你會覺得他感興趣的是展現自己的機靈，而不是拯救人的性命。彼得喜歡變化，這一刻令他全神貫注的遊戲，下一刻突然就不再吸引他了；因此，很有可能下次你掉下去的時候，他會放手不管。

彼得只要翻身仰躺就能飄浮，所以他能在空中睡覺，不會往下墜。但這至少有一部分是因為他的身體特別輕，要是你到他背後吹一口氣，他就會前進得快一些。

他們在玩「請你跟我這樣做」的時候，溫蒂低聲對約翰說：「對他客氣一點。」

約翰說：「那就叫他別再炫耀了啊。」

在玩「請你跟我這樣做」的時候，彼得會飛得很貼近水面，順便摸摸每條鯊魚的尾巴，就像在街上你會用手指順著鐵欄杆往前滑。他們沒辦法成功地照著他這麼做，所以或許他看上去就像是在炫耀，尤其是他還一直回頭，看他們漏掉多少魚尾巴沒摸到。

溫蒂警告兩個弟弟，「你們一定要對他好一點。不然萬一他丟下我們，怎麼辦？」

麥可說：「我們可以回去啊。」

「沒有他，我們要怎麼找到回家的路呢？」

約翰說：「我們可以繼續往前飛。」

「那樣子可就糟了，約翰。我們只能繼續往前飛，因為我們不知道要怎麼停下來啊。」

這是事實。彼得忘了示範如何停下來給他們看。

約翰說，要是真到了那麼糟糕的地步，他們只要直直往前飛，因為地球是圓的，所以遲早他們會飛回自己家。

「那誰來替我們找食物呢？約翰。」

「我剛才動作非常俐落地從老鷹的嘴裡奪下一小塊食物了啊。溫蒂。」

「溫蒂提醒他，對，可是先試了二十次。而且就算我們變得很會找食物，如果他不在附近幫忙我們，我們很容易就撞到雲和其他東西。」

的確他們經常撞上東西。他們現在可以飛得很穩了（雖然兩腳依舊踢太多下），不過如果前面有朵雲，他們越是想要閃避，就越是肯定會撞上。如果娜娜和他們在一起，現在她一定已經替麥可的額頭纏上繃帶了。

這時彼得沒在他們身邊，他們覺得獨自在空中挺寂寞的。彼得飛得比他們快許多，他常常突然咻一下就不見蹤影，自己一個人去冒險，沒讓他們參與。彼得會從天上飛下來，哈哈大笑，他剛才和星星說的好笑事情，不過他已經忘了是什麼事；或者他會從海裡飛上來，身上還黏著美人魚的鱗片，卻沒法說清楚究竟發生了什麼事。對於從來沒見過美人魚的孩子們，心裡十分惱火。

溫蒂推論說：「如果他這麼快就忘了發生過的事，我們怎麼能期待他會一直記得我們呢？」

的確，彼得有時候回來就不記得他們了，至少不是記得很清楚。這一點溫蒂很確定。她有時在他差點從他們身邊經過卻繼續往前飛的時候，看見他認出他們來的神情；有一次她甚至必須呼喊他的名字叫住他。

她著急地說：「我是溫蒂啊。」

彼得感到非常抱歉，低聲對她說：「溫蒂，要是妳發現我忘了妳，只要不停地說『我是溫蒂』，我就會想起來了。」

當然這種狀況令人很不滿。不過，為了補償，彼得教他們怎麼平躺在強勁的順風上。他們很開心能學會這個技巧，又試了幾次，這樣一來，他們就能安心地睡覺了。他們原本應該會睡得更久一些，但是彼得很快就厭倦了睡覺，沒過多久他就會以隊長聲調大喊：「我們從這兒下去吧。」

就這樣，雖然偶爾有爭吵，不過整趟旅程算是相當的歡樂。他們終於接近永無島了。經過好幾個月的飛行，他們真的到達了。而且，其實他們一直是直線般地朝著永無島飛，或許不完全是因為彼得或叮噹的引導，而是因為永無島本身在尋找他們。

唯有如此，人才能看見這些神奇的海岸。

彼得平靜地說：「就在那裡。」

「在哪裡？在哪裡？」

「在所有箭頭指向的地方。」

的確，有一百萬道金色的箭頭為孩子們指出方向。那些光箭全是他們的朋友太陽發射出來的，太陽希望在自己下山、夜晚來臨之前，孩子們能確實認清方向。

溫蒂、約翰和麥可在空中踮起腳尖站著，期待著見到永無島的第一眼。

神奇的是，他們全都立刻認出永無島，在他們還沒感覺到害怕之前，高聲歡呼的樣子，不像是終於見到他們夢想已久的事物，倒像是看到度假回來的老朋友。

「約翰，那裡有瀉湖耶。」

「溫蒂，妳看，海龜正在把卵埋到沙裡呢。」

「嘿，約翰，我看見你的紅鶴有一條腿斷了。」

「看啊，麥可，那裡是你的洞穴。」

「約翰，在矮樹叢裡的是什麼啊？」

「那是一頭母狼帶著小狼。溫蒂，我相信那是妳的小狼。」

「那艘是我的小船。約翰，船舷都撞破了。」

「不，那才不是你的船呢。因為我們把你的船燒掉了。」

「不管怎樣，那就是我的船。嘿，約翰，我看見印第安人的營地冒出煙呢。」

「在哪裡？指給我看，我可以從煙捲曲的方式告訴你，他們是不是正在準備打仗。」

「在那裡，就在神秘河的對岸。」

「我看到了。沒錯，他們果然正在準備打仗。」

他們居然知道那麼多，讓彼得有點不高興；不過如果他想要在他們面前逞威風，他的勝利很快就會到來。因為我不是告訴過你，不久之後恐懼就會降臨在他們身上嗎？

在金箭消失，永無島變成一片漆黑時，恐懼就來臨了。

在家的時候，永無島總是在睡覺前看起來有點黑暗和危險。接著沒有被探索過的區塊逐一出現在島上，擴散開來；黑影在那些區塊裡晃動，猛獸的咆哮聲聽起來不大一樣；最重要的是，你失去了絕對會贏的把握。你很高興夜燈亮了起來。你甚至很樂意聽娜娜說，那只是壁爐架罷了，永無島全是他們想像出來的。

當然那時候的永無島是想像出來的，不過現在是真的了！這裡沒有夜燈，天色隨著時間一刻、一刻的流逝而越來越暗；娜娜在哪裡呢？

他們一直是分散著各自飛，但現在他們緊緊地擠在彼得身邊。彼得滿不在乎的神態終於不見了，他的兩眼閃閃發亮；每當他們碰到他的身體，全身就像電流通過一樣微微一震。

現在他們在這恐怖的島嶼上方低空飛行，低到有時樹枝會摩擦過他們的腳。在空中看不見任何可怕的東西，但是他們前進的速度變得越來越慢，飛得越來越吃力，好像一直要推開阻擋在前的敵對勢力才能前進似的。有時候他們得懸在半空中，等彼得用拳頭捶打出一條通路後，才得以繼續向前行。

彼得解釋說：「他們不希望我們登陸。」

溫蒂打著哆嗦低聲問：「他們是誰？」

可是彼得沒法解釋，或者不願意說。叮噹鈴一直睡在他的肩膀上，不過此時他叫醒她，派她在飛前面。

有時彼得會獨自在空中盤旋，把手抬到耳邊，豎起耳朵仔細聽；然後用明亮的雙眼往下看，他的眼睛亮得像會把地面鑽出兩個洞似的。等做完這些事以後，他才又繼續往前飛。

彼得的膽量簡直驚人。他隨口對約翰說：「你現在想要冒險，還是要先吃茶點？」

溫蒂迅速地回答：「先吃茶點。」

麥可捏捏她的手表示感激。

不過勇敢的約翰猶豫不決，他小心地問：「什麼樣的冒險呢？」

彼得告訴他，「在我們正下方的大草原上有海盜在睡覺，你想冒險的話，我們可以飛下去殺了他。」

停頓了好一會兒，約翰說：「我沒看見他。」

「我看到了。」

約翰聲音有點沙啞地說：「萬一他醒來了呢？」

彼得氣憤地說：「你不會以為我要趁他睡著的時候殺了他吧！我會先叫醒他，然後再殺了他。我向來都是這麼做的。」

「嘿！你殺過很多海盜嗎？」

「數不清呢。」

約翰說：「真了不起。」不過他決定還是先吃茶點。

約翰問彼得，島上現在是否有很多海盜，彼得說他從沒見到那麼多的海盜。

「現在的船長是誰？」

彼得回答：「虎克。」他在說這個可恨的名字時，表情變得非常嚴肅。

「詹・虎克？」

「正是。」

這時麥可真的哭了起來，就連約翰也只能喘著氣說話，因為他們早就聽聞虎克的惡名了。

約翰嗓音嘶啞地低聲說：「他是黑鬍子的水手長，是他們之中最凶惡，也是巴比克[2]唯一害怕的人。」

彼得說：「就是他。」

「他長得什麼樣子？身材很高大嗎？」

「他不像以前那麼高大了。」

「你這話是什麼意思？」

「我砍掉他身上的一小塊。」

「你！」

---

2 小說《金銀島》裡的海盜頭子西爾弗的別名。

彼得口氣尖銳地說：「對啊！是我。」

「我沒有不敬的意思。」

「哦，那好吧。」

「不過，嘿，你砍掉他身上哪一塊？」

「他的右手。」

「那他現在不能打仗了嗎？」

「噢，他還不是照樣能打。」

「他是左撇子？」

「他用一個鐵鉤代替右手，把鐵鉤當成爪子。」

「爪子！」

彼得說：「嘿，約翰。」

「嗯。」

「要說『是，是，長官』。」

「是，是，長官。」

彼得接著說：「有件事情，是每一個在我手下做事的男孩都必須答應的，你也一樣。」

約翰臉色變得蒼白。

「那就是，如果我們公開和虎克交戰，你必須把他留給我。」

約翰忠誠地說：「我答應你。」

他們暫時覺得不那麼可怕了，因為叮噹和他們一起飛。在她發出的亮光中，他們能看清楚彼此。不幸的是，她無法像他們飛得那麼慢，因此她只得繞著他們一圈又一圈地飛，所以他們就像在光環裡飛行一樣。溫蒂挺喜歡這樣，不過彼得指出了缺點。

彼得說：「她告訴我，天黑之前海盜看到我們了，他們把長腳湯姆搬了出來。」

「那座大砲嗎？」

「是的。當然他們一定看得到叮噹鈴的亮光，要是他們推測我們就在叮噹鈴的附近，肯定會開火攻擊的。」

「溫蒂！」

「約翰！」

「麥可！」

三個人同時大喊：「彼得，叫她馬上離開。」

但是彼得拒絕。他執拗地回答：「她認為我們迷路了。而且她有點害怕。我怎麼能在她害怕的時候，叫她自己一個人飛走呢。」

頓時，那光圈中斷了片刻，有個東西充滿憐愛地輕輕捏了彼得一下。

溫蒂哀求道：「那就叫她把她的光熄掉。」

「她沒辦法熄掉。那大概是仙子唯一辦不到的事。只有在她睡著的時候光才會自己熄滅，就像星星一樣。」

約翰幾乎是用命令的口氣說：「那就叫她馬上睡覺啊。」

「除非她睏了，否則她沒辦法睡著。那是另一件仙子辦不到的事。」

約翰忿忿不平地抱怨，「在我看來，這兩件事才是唯一值得做的呢。」

約翰說完也被捏了一下，不過可不是充滿憐愛。

彼得說：「要是我們之中哪個人有口袋就好了，就可以把她放在裡面，帶著她。」

但是，他們出發時太過匆忙，四個人誰也沒有口袋。

彼得想到了一個妙計——約翰的帽子。

叮噹同意搭乘帽子旅行，如果帽子是被拿在手中的話。一開始由約翰拿著，儘管她希望由彼得來拿。不久換溫蒂拿帽子，因為約翰說他飛的時候，帽子會撞到他的膝蓋。

後面我們就會看到，這將會引來麻煩，因為叮噹鈴討厭欠溫蒂人情。

亮光完全藏在黑色高帽子裡之後，他們靜悄悄地往前飛。那是他們經歷過最深沉的寂靜，只有一次遠處傳來舔食的聲響打破了寂靜，彼得解釋說那是野獸在淺灘喝水的聲音。還有一次是刺耳的聲響，很可能是樹枝相互摩擦所發出來的；不過彼得說是印第安人在磨刀子。

這些雜音也都停止了。對麥可來說，這孤寂十分可怕。他喊道：「要是有什麼東西發出聲響就好了。」

彷彿是在回應他的要求似的，一聲他從沒聽過的轟隆巨響劃破了空氣。

海盜朝他們開砲了！

隆隆的砲聲在山間迴響，這些回音好像是在凶狠地吼叫：「他們在哪兒？他們在哪兒？他們在哪兒？」

於是三個嚇壞了的孩子深切地體悟到，假想的島嶼和真正的島有多麼不同。

當天空終於再度平穩下來的時候，約翰和麥可發現黑暗中只剩他們兩人。約翰如機械似地踩著空氣，而本來不知道如何飄浮的麥可竟然飄在空中。

約翰顫抖著悄聲問：「你被打到了嗎？」

麥可低聲回答：「我還沒嘗過呢。」

我們現在知道沒人遭砲彈擊中。不過，彼得被大砲颳起的風吹到遙遠的海上；而溫蒂則被往上吹，身邊只有叮噹鈴作伴。

要是在那時候溫蒂把帽子扔下就好了。

我不曉得叮噹是突然想到這個主意，還是在途中就計畫好了，不過她立刻從帽子鑽出來，開始引誘溫蒂飛向毀滅。

叮噹並不是本性這麼壞，或者應該說，她只有現在才那麼壞；不過呢，她有時候又非常地好。仙子不是好就是壞，因為他們實在太小了，所以很不幸的，他們一次只能容納一種情緒。但他們是可以改變的，只不過要變就必須徹底地改變。現在的她一心嫉妒著溫蒂。她用如銀鈴般可愛聲音所說的話，溫蒂當然聽不懂。我相信其中有些是難聽的話，可是聽起來很親切，而且她前後來回地飛，明白地表示：「跟著我，一切都會平安無事。」

可憐的溫蒂還能怎麼辦呢？她大聲呼喚彼得、約翰和麥可，回答她的卻只有嘲弄的回聲。溫蒂還不知道叮噹憎恨她，懷著十足女人那般強烈的敵意。於是不知所措的溫蒂跟著叮噹，搖搖晃晃地飛著，飛向她的厄運。

5 來到真正的島上

感覺到彼得正在飛回來，永無島再度甦醒過來。我們應該用過去完成式，說永無島已經清醒了，不過甦醒比較好，彼得向來都用甦醒。

彼得不在的時候，島上通常都很平靜。仙子早晨會賴床一個鐘頭，野獸照顧牠們的幼獸，印第安人猛吃猛喝了六天六夜；海盜和走失男孩碰上的時候，也只是咬著拇指互相瞪眼。可是討厭死氣沉沉的彼得一回來，他們又活躍起來了。你要是現在把耳朵貼到地面上，就會聽見整座島生氣勃勃地沸騰了起來。

這天晚上，島上的幾股主要勢力部署如下：走失男孩到外頭找尋彼得，海盜則出去尋找走失男孩，印第安人四處搜尋海盜，野獸則到處找尋印第安人。他們繞著島一圈又一圈的團團轉，但是彼此卻完全碰不到，因為他們全都以相同的速度前進。

除了男孩以外，全都渴望著流血，通常男孩也是嗜血的，不過今晚他們要出去迎接隊長。當然島上男孩的數目經常在變動，因為被殺或其他的原因；當他們似乎要長大的時候——這是違反規定的——彼得就會把他們除掉；不過目前他們共有六人，其中一對雙胞胎算兩個人。我們就假裝趴在甘蔗林中吧，看著他們排成一列，個個手握匕首，鬼鬼祟祟地走過去。

彼得禁止男孩們的模樣看起來有半點兒像他，他們穿著自己獵殺的熊皮，每個人都圓滾滾毛茸茸的，一旦摔倒就會往前翻滾；因此他們非常小心且穩健的走著每一步。

第一個經過的是托托，在這支勇敢的隊伍中，他雖然不是最膽小，卻是運氣最差的。他參與過的冒險比其他人都少，因為重大事件經常發生在他剛拐過轉角的時候；原先一切都很平靜，他趁機去撿拾幾根枝條當木柴，結果等他回來時，其他人已經在清理血跡了。運氣不佳使得他的表情有點憂鬱，不過他沒有變得脾氣暴躁，性情反而更為溫和；因此他是男孩中最溫順的一個。

可憐、善良的托托，今晚空中有危險等著你呢。要小心啊，以免冒險自動送上門來，一旦你接受了，這場冒險將會害你陷入最大的災難中。托托，叮噹仙子今晚一心想惡作劇，她正在找尋工具來幫助她搗蛋，她認為你是男孩裡最容易上當的。千萬要留心叮噹鈴啊！

希望他能聽見我們的警告，不過我們並不是真的在島上。

托托咬著指關節走過去了。下一個經過的是尼布斯，他是個活潑迷人而有自信的男孩。後面接著是史萊特利，他用樹枝削成笛子，隨著自己吹奏的曲調欣喜若狂地跳舞。史萊特利是男孩中最自以為是，他自認為記得走失前那段日子的生活、禮儀、習俗等等，因此鼻子總是往上翹，惹人討厭。

第四個是搗蛋鬼捲毛。每次彼得板著臉說：「這是誰幹的，站出來。」捲毛常常不得不站出去，因此現在只要聽到命令，不管是不是他幹的，他都會自動站上前去。

走在隊伍最後的是那對雙胞胎。我們無法形容他們，因為只要一形容，肯定會搞錯人。彼得從來不知道什麼是雙胞胎，只要是他自己不知道的事，也不准他的隊員知道。因此這兩個男孩對自己的事也迷迷糊糊的，他們總是帶著歉意似的如影隨形地黏在一起，竭盡全力地討好別人。

男孩消失在黑暗中；過一會兒，不是很長的一段時間，因為島上的事情發展速度都很快；海盜就跟蹤他們而來。在我們看見他們之前就先聽到了聲音，總是同樣那首駭人的歌：

「停住、拴牢，唷嗬，停船，
我們要去搶劫囉，
要是一顆砲彈把我們分開
我們必定會在海底再相見。」

死刑碼頭上從沒吊死過比這群海盜看起來更凶狠的人。這時，稍微走在前面並不時把頭貼在地面上傾聽的是英俊的義大利人伽可，他赤裸著兩條粗大的臂膀，耳朵上戴著兩枚西班牙銀幣當成飾物。他在高爾時，曾在典獄長的背上用血字刻上自己的名字。

在他後頭的是個黑黝黝的巨人，至今在瓜喬莫河兩岸，膚色黝黑的母親仍會用他的名字來嚇唬孩子；他放棄了那個名字後又取了許多個名字。

接著是渾身滿滿刺青的比爾・朱克斯，就是在海象號船上，被弗林特砍了七十二刀才放下葡萄牙金幣袋的那個比爾・朱克斯。

再過來是庫克森，據說他是黑墨菲的兄弟（不過這從未經過證實）。接著是紳士史塔奇，他曾經在公學擔任助理教員，現在殺人的動作依然優雅。還有天窗（摩根的天窗）。以及愛爾蘭水手長史密，一個異常和藹可親的男人，他就是連刺人的時候也一點都不生氣，是虎克的船員中唯一不信奉英國國教的人。再來是努德勒，他的兩手總是背在後面。還有羅伯特・穆林斯、艾爾夫・梅森，以及許多其他早在西班牙大陸、美洲無人不知、無人不怕的凶神惡煞。

而在這幫凶惡的匪徒當中，最邪惡、最強橫的就是斜倚著的詹姆斯・虎克，或者如他自己所寫的——詹・虎克，據說海盜頭子西爾弗唯一懼怕的人就是他。他正舒舒服服地躺在一輛粗製的四輪大車上，由他的手下推拉著走。他的右手沒了，以一根鐵鉤代替；他不時揮舞著鐵鉤，催促手下們加快步伐。這個可怕的男人把他們當狗一樣對待使喚，他們也像狗一樣服從他。

虎克的身材枯瘦，面色黝黑，頭髮梳成長長的髮捲，遠遠地看去就像是一根根黑色的蠟燭，讓他英俊的面容顯得特別窮凶惡極。他的眼眸藍得像勿忘我花透著深深的憂鬱；在他把鐵鉤朝你刺來的時候，他的眼睛會出現兩個紅點燃起熊熊的火光。在儀態方面，虎克身上仍殘留一些貴族氣派，因此他甚至光是用氣勢就能把你撕個粉碎。而且我聽說他是出了名的講故事高手。他最客氣有禮時也是他最奸險凶惡的時候，這大概是測驗他的血統最精確的標準了。虎克的措辭和他獨樹一格的風範一樣高雅，即使在咒罵人的時候也不流於低俗，顯示出他和他的船員氣質完全不同。

虎克具有堅強不屈的勇氣。據說唯一讓他畏怯的是見到他自己的血。他的血非常濃稠，顏色極不尋常。在服裝方面，他有點仿效查理二世的穿著，因為他早年曾經聽說，他與那位命運多舛的斯圖爾特王室成員長得莫名地相像。虎克嘴裡經常叼著他自己發明的菸斗——一次可以同時抽兩根雪茄。但毫無疑問地，他身上最令人毛骨悚然的是那隻鐵爪。

現在就讓我們殺一個海盜，來說明虎克殺人的方法，找天窗當例子好了——他們經過的時候，天窗笨手笨腳地突然撞到虎克身上，弄皺了他的蕾絲衣領；鐵鉤迅速伸出，只聽見撕裂的聲音和一聲尖叫，接著屍體就被踢到一旁；其他海盜繼續前進。虎克甚至沒拿下嘴裡的雪茄。

彼得潘就是在跟如此可怕的男人戰鬥。

哪一方會獲勝呢？

跟蹤在海盜後面，悄無聲息地偷偷踏上征途的是印第安人——缺乏經驗的眼睛根本很難發現他們走過的那條小徑——他們每個人都睜大眼睛以保持高度警覺，手上拿著戰斧和刀子。他們赤裸的身體上塗滿閃耀著光澤的油彩，還掛著一串頭皮——有男孩的，也有海盜的。這群印第安人是屬於皮卡尼尼族，別和軟心腸的德拉瓦族或休倫族搞混了。勇士小黑豹擔任前鋒，挺著魁梧的身材匍匐前進，他身上掛的頭皮多到有點妨礙他的爬行了。

虎蓮負責殿後，這是最危險的位置，但她高傲地挺立著，天生就是位公主。在膚色黝黑的森林女神中，她長得最標緻，也是皮卡尼尼族裡的大美人。她時而賣弄風騷，時而冷若冰霜，時而熱情如火。勇士們個個都想娶這位反覆無常的女子為妻，不過她用短柄小斧擋開了所有求婚的人。

瞧！他們走在落滿小樹枝的道路上，卻沒發出半點兒聲響。唯一聽得到的是他們略微粗重的呼吸聲。事實是他們在狼吞虎嚥地大吃大喝後，全都有點發胖了，不過遲早他們會慢慢瘦下去；但是現在肥胖卻為他們帶來了威脅。

印第安人如來時一樣，像影子般地消失了。不久野獸佔據了他們的位置，那是一支數量龐大、成員混雜的隊伍，有獅子、老虎、熊，和在牠們前面四散奔逃、數都數不清的小野獸；因為每一種野獸，尤其是所有吃人的野獸，都緊密地生活在這得天獨厚的島上。今晚牠們舌頭都伸得很長，因為全都餓極了。

等牠們經過以後，最後一個角色上場了──一隻龐大無比的巨鱷。牠目前追逐的目標是誰，我們以後就會知道了。

大鱷魚爬過去了。但是沒過多久，男孩又出現了。因為這隊伍必須無窮無盡地繼續行進，直到其中一隊停下來或改變速度。那樣的話，他們很快就會相互廝殺，撲撞在一起。

所有的隊伍都密切地注意前方，但是沒有一個想到，危險也許會從後頭鬼鬼祟祟地接近。由此可以看出這島是多麼的真實。

第一個退出這個不斷前進圈子的是男孩們。他們倒在草地上，靠近他們在地底下的家。

他們全都緊張不安地說：「我真希望彼得回來。」儘管無論是身高或是體型，他們都比隊長要來得高大。

「只有我一個人不怕海盜。」史萊特利說，就是這種語氣使他不受大家喜愛。不過也許遠處有什麼聲響驚嚇到他，他慌忙地補充說：「不過我也希望他趕快回來，告訴我們，他是不是聽到更多灰姑娘的故事。」

於是他們談起了灰姑娘。托托深信他母親年輕時一定長得非常像她。

只有彼得不在場的時候，他們才能提起母親的事。彼得禁止他們談論這個話題，因為他覺得這是很無聊的事。

尼布斯告訴他們：「我只記得一件關於我媽媽的事，就是她經常對我爸爸說：『噢，我多麼希望能有本自己的支票簿啊！』，我不知道支票簿是什麼，不過我真想送她一本。」

他們在閒聊的時候，聽見遠處傳來聲音。你或我不曾在山林野外生活過，所以聽不見任何聲響。但是他們聽到了，是那首令人毛骨悚然的歌：

「唷嗬，唷嗬，海盜的生活，
骷髏、白骨繪成旗，
快樂一時，麻繩一根，
向深海閻王問聲好。」

一眨眼間，走失男孩到哪裡去了？

他們已經不在這兒了，連兔子也沒辦法溜得比他們快。

我來告訴你，他們在哪裡吧。除了尼布斯飛快地衝去偵察以外，其他人都已經回到地底下的家。那是非常舒適可愛的住所，待會兒我們會詳盡地說明。但是他們究竟是怎麼進去的呢？因為地面上看不見任何入口，連一塊大石頭也沒有，如果有的話，也許搬開石頭就會露出洞口。但是，仔細地瞧瞧，你或許會注意到這裡有七棵大樹，每根中空的樹幹都有一個大小和男孩體型一樣洞。這就是通往地下之家的七個入口。

這幾個月來，虎克一直遍尋不著的入口。今晚他會找到嗎？

當海盜往前進的時候，史塔奇敏銳的眼力瞧見了尼布斯正消失在樹林裡，他立刻拔出槍來。可是一根鐵鉤抓住了他的肩膀。

他扭動著身體喊道：「船長，放開！」

現在，我們第一次聽見虎克的聲音。那是十分陰沉的聲音。

虎克用威脅的口氣說：「先把手槍收起來。」

「那是你最痛恨的男孩啊。我可以把他打死。」

「是啊，不過聲音會引來虎蓮公主的印第安人找上我們。你想丟掉你的頭皮嗎？」

可憐的史密問：「船長，那麼讓我去追他吧？然後用強尼開瓶鑽給他搔搔癢？」

史密替每樣東西都取了有趣的名字，他的短劍就叫強尼開瓶鑽，因為他喜歡拿著短劍往傷口裡鑽。史密還有許多討人喜歡的特點，比如，在殺了人之後，他不擦武器，反而擦拭眼鏡。

史密提醒虎克：「強尼是個不聲不響的傢伙。」

虎克陰沉地說：「不是現在，史密。他只是其中一個而已，我要把七個全部幹掉；趕快分頭去找他們。」

海盜消失在樹林裡，轉瞬間只剩下船長和史密兩個人。

虎克沉重地嘆口氣。

我不明白為什麼，也許是因為這夜晚寧靜美麗，所以他突然有股衝動，想對他忠實的水手長吐露他的人生經歷。虎克認真地說了很久很久，不過他到底在講什麼，愚蠢的史密一點也沒聽懂，但最後他聽到了彼得的名字。

虎克激昂地說：「最重要的是，我要逮到他們的隊長彼得潘。就是他砍掉了我的手臂。」他威脅地揮舞著鉤子。「我等很久了，要用這玩意兒來和他握手。噢，我要把他撕個粉碎！」

史密說：「可是，我常常聽你說，那個鉤子抵得上二十隻手，既能梳頭髮，也能做其他的家務事。」

船長回答道：「是啊，如果我是母親的話，我會祈禱老天讓我孩子生下來就長了這玩意兒，而不是普通的手。」虎克驕傲地看著那隻鐵手，再輕蔑地看一眼另一隻手；隨後他皺起了眉頭，臉上肌肉抽搐著說：「彼得把我的手臂扔給了一條正巧經過的鱷魚。」

史密說：「我常常注意到你對鱷魚有種莫名其妙的恐懼。」

虎克糾正他，「我不是怕所有的鱷魚，只害怕那一隻鱷魚。」他壓低音量繼續說：「史密，牠非常喜歡我的胳臂，從那以後牠就一直跟著我，跨過不同的海域，走遍各個陸地，想吃我其餘的部位，想得直舔嘴唇。」

史密說：「從另一個角度來看，這算是種讚美。」

虎克火爆地咆哮：「我才不要這種讚美！我要的是彼得潘，是他最先讓那隻畜生嚐到了我的味道。」他在一個大蘑菇上坐了下來，此時他的聲音有點顫抖，沙啞地說：「史密，在這之前，那隻鱷魚本來早就可以把我吃掉了，不過幸好牠吞下了一個時鐘，鐘在牠的肚子裡滴答滴答響，所以在牠靠近之前，一聽見滴答聲的我就趕緊逃走了。」

虎克哈哈大笑，不過笑聲很空洞。

史密說：「總有一天，鐘聲會停掉，到那時牠就會抓到你了。」

虎克舔了舔乾渴的嘴唇：「是啊，我時時刻刻擔心的就是這個。」自從坐下來以後，他便覺得異常燥熱，忽然他跳了起來，「史密，這個蘑菇好熱啊！不得了，我整個人要燒起來了。」

他們檢查了一下蘑菇的大小和硬度，是英國本土從未見過的。他們試著拔拔蘑菇，一下子就整個拔起來了，因為這蘑菇沒有根；更奇怪的是，立刻有股煙冒了出來。

兩名海盜面面相覷，同時驚呼：「煙囪。」

他們真的發現了地下之家的煙囪。

這是男孩的習慣，當敵人在附近的時候，就拿蘑菇來堵住煙囪。不僅有煙冒出來，連孩子的聲音也傳上來了。因為男孩覺得躲在地下之家非常安全，所以正在開心地閒聊。

海盜一臉嚴肅地偷聽了一會兒，隨後將蘑菇放回原處。他們張望一下四周，注意到七棵樹上的樹洞。

「你聽到他們說彼得潘不在家嗎？」史密悄聲說，擺弄著強尼開瓶鑽。

虎克點點頭。他站著沉思了很長一段時間，最後黝黑的臉上浮現了令人膽戰心驚的笑容。

史密一直在等著這一刻，他急切地喊道：「說出你的計畫吧，船長。」

虎克慢吞吞地從牙縫中擠出回答：「回到船上去，然後烤一個又大又厚、甜得發膩的蛋糕，在上面灑滿綠糖。這裡只有一根煙囪，所以底下只可能有一間屋子。那些笨蛋田鼠沒有頭腦，竟然不知道他們不需要每個人一扇門，可見他們沒有母親。我們把蛋糕放在美人魚潟湖的岸邊。這些男孩常常在那兒游泳，和美人魚一起玩。他們會找到蛋糕，然後狼吞虎嚥地把蛋糕吃光。因為沒有母親，他們不知道吃甜膩又濕潤的蛋糕有多麼危險。」

虎克大笑起來，這次不是空洞的笑，而是發自內心的開懷大笑。「啊哈！他們這回死定了。」

史密仔細聆聽計畫，越聽越欽佩，他高聲喊道：「這是我所聽過最邪惡也最棒的計策了。」

兩人得意忘形地跳舞歌唱：

「停住、拴牢，我一出現，
他們全會嚇得魂飛魄散；
只要你跟虎克的鐵鉤握個手，
骨頭上就不剩一丁點兒肉……」

他們唱起了這首歌，但是沒能唱完，因為另一個聲響打斷了他們，讓他們閉上了嘴。那聲響起先非常微弱，一片葉子落下來就可能把聲音掩蓋掉，然而隨著距離越來越近，聲音就越來越清楚。

「滴答、滴答、滴答、滴答！」

虎克渾身發抖地站著，一隻腳懸在空中，立刻跳起腳來逃跑。他喘著氣說：「是那隻鱷魚！」

水手長緊跟在他後面。

果真是那隻鱷魚。牠超越了印第安人，他們現在跑去追蹤另一群海盜。牠繼續慢慢地跟在虎克後頭。

男孩再度出現在地面上，可是今晚的危險還沒結束，因為就在這時，尼布斯上氣不接下氣地衝到他們當中，一群狼在他後面緊追不捨；狼的舌頭吐得長長的，發出陣陣恐怖的嗥叫。

尼布斯摔倒在地上，大喊著：「救我，救我！」

「可是我們能怎麼辦？我們能怎麼辦啊？」

在這緊要關頭，男孩們不約而同地想起了彼得，這應該是對他最高的讚美吧。他們同時喊道：「彼得會怎麼做呢？」

接著他們幾乎異口同聲地說：「彼得會從兩腿中間看著牠們。」

「那我們就照彼得的方法做吧。」

這的確是對抗狼群最有效的方法。他們動作一致地彎下腰，從兩腿中間瞪著狼群看；接下來的那一刻感覺很漫長，不過勝利很快就到來了，因為當男孩以這種可怕的姿態朝狼群進逼，那群狼馬上就夾著尾巴逃跑了。

這時尼布斯從地上爬起來，其他人以為他瞪著眼睛是在看著那群狼，但他看的不是狼。

「我看到了一個奇妙的東西。」尼布斯嚷著，他們全都急切地圍在他四周。「一隻巨大的白鳥往這個方向飛……」

「你認為那是什麼鳥？」

尼布斯驚嘆地說：「我不知道。不過牠看起來非常疲倦，而且一邊飛一邊呻吟『可憐的溫蒂』。」

「可憐的溫蒂？」

史萊特利馬上說：「我想起來了，有種鳥兒就叫溫蒂。」

「瞧，牠來了！」捲毛大喊，指向天空中的溫蒂。

溫蒂現在幾乎在他們的頭頂上，他們能夠聽見她哀怨的呼喊。不過更清楚傳來的是叮噹鈴尖銳刺耳的聲音。這個滿懷嫉妒的仙子此時已經拋棄所有表示友好的偽裝，從四面八方撲向她的受害者，每次一碰上溫蒂就狠狠地捏她一把。

感到驚奇的男孩喊道：「喂，叮噹！」

叮噹用嘹亮的聲音回答：「彼得要你們射殺溫蒂。」

他們天生不敢懷疑彼得的命令。

「我們就照彼得的命令去做吧！」單純的男孩們大喊，「快點，去拿弓箭。」

所有人迅速地從自己的樹洞下去，除了托托以外。他隨身帶著弓箭，叮噹注意到了，他搓著兩隻小手。

叮噹尖著嗓子大叫：「快點，托托，趕快，彼得一定會很高興的。」

托托興奮地把箭搭到弓上。「走開，叮噹！」他大聲喊完，緊接著把箭射出去——

溫蒂搖搖晃晃地飄落到地面上，胸口插了一支箭。

6 溫蒂的小屋

其他男孩帶著武器從樹洞跳出來時，傻呼呼的托托正以勝利者的姿態站在溫蒂的身邊。他驕傲地嚷著：「你們來得太遲了，我已經把溫蒂射下來了。彼得一定會非常滿意我的表現。」

「笨蛋！」叮噹鈴大喊一聲，便飛快地閃開躲起來了。

其他的男孩沒聽見她說什麼。他們聚集在溫蒂四周，看著她，一股可怕的寂靜籠罩住樹林；要是溫蒂的心臟還在跳動的話，他們肯定全都能聽見。

史萊特利第一個開口說話，他驚恐地說：「這不是什麼鳥，我想這一定是位小姐。」

「小姐？」托托渾身顫抖起來。

尼布斯嘶啞地說：「我們竟然殺了她！」

他們全體迅速摘下帽子。

「我現在明白了，這是彼得帶回來給我們的媽媽。」捲毛悲痛地撲倒在地。

雙胞胎之一說：「終於有位照顧我們的小姐了，你卻把她給殺了！」

他們為托托感到難過，但是更為自己感到悲哀；托托向他們走近時，他們全都轉過身去不理他。

托托蒼白的臉上浮現了以前從未見過的莊嚴神情，他慎重地說：「是我幹的，以前小姐們來到我夢中的時候，我總是叫著『美麗的媽媽，美麗的媽媽』，可是最後她真的來了，我卻用箭把她殺了。」他拖著緩慢的腳步走開了。

他們同情地喊道：「別走！」

托托顫抖地回答：「我非走不可。我好怕彼得。」

就在這悲慘的時刻，他們聽見了一個聲音，每個人都嚇得心臟差點跳到嘴裡——他們聽到的是彼得的歡叫聲。

他們叫了起來：「是彼得！」

因為那是彼得每次宣告自己回來時的信號。

「把她藏起來。」他們低聲說，慌忙地聚集在溫蒂周圍；只有托托站得遠遠的。

又傳來一聲響亮的歡叫，彼得降落在他們前面，他大聲說：「打招呼啊，小子們！」

他們宛如機械似地問了聲好，隨後又陷入沉默。

彼得皺起了眉頭，惱火地說：「我回來了，你們為什麼不歡呼？」

他們張開嘴巴，但依然沒有發出歡呼。不過彼得急著告訴他們大好的消息，因此沒有注意到他們怪異的神色，他高聲說：「好消息啊！小子們，我終於幫你們大夥兒帶回一位母親了。」

大家依舊悶不吭聲，只聽見托托跪倒在地時發出的輕微撞擊聲。

「你們沒看到她嗎？」彼得問，開始不安起來。「她往這邊飛過來啊。」

一個聲音說：「唉。」

另一個聲音也說：「啊，真是悲傷的一天哪。」

托托爬起來，輕聲地說：「彼得，我會讓你見到她的。」

其他男孩仍然遮掩住她。

托托說：「退後吧，雙胞胎，讓彼得看看。」

於是他們全都退到後面去，讓彼得看；他端詳了一會兒後，不知道接下來該怎麼辦。彼得不安地說：「她死了。也許她在害怕死亡呢。」

彼得想要跳著滑稽可笑的步伐走開，直到看不見她為止，再也不要接近那個地方；要是他這麼做的話，他們全都會樂意跟隨著他。

但是溫蒂身上有支箭。彼得從她胸口拔出箭，面對他的手下。

彼得嚴厲地查問：「這是誰的箭？」

托托跪在地上說：「是我的，彼得。」

「噢，你這卑鄙小人！」彼得高舉起箭，把箭當成匕首。

托托沒有退縮，他袒開胸膛，堅定地說：「刺下去吧，彼得，準確地刺下去吧。」

彼得舉起那支箭兩次，兩次都把手放下。

「我沒辦法刺下去。」彼得敬畏地說，「有東西攔住了我的手。」

所有人都驚訝地看著他，除了尼布斯之外，幸好他正注視著溫蒂。

「是她！」尼布斯高聲喊道，「是溫蒂小姐，瞧，她的手臂。」

說來讓人嘖嘖稱奇，溫蒂竟然舉起了手臂。

尼布斯彎下身去，恭敬地聽她說話。他低聲說：「我想她是說『可憐的托托』。」

彼得簡短地說：「她還活著。」

史萊特利馬上高聲喊道：「溫蒂小姐還活著。」

接著彼得在溫蒂身旁跪下來，發現了他的鈕釦。

你還記得溫蒂把彼得的鈕釦串在項鍊，戴到脖子上吧。

「瞧，那支箭射到了這個東西。這是我送給她的吻。這個吻救了她一命。」

「我還記得吻。」史萊特利迅速插嘴說，「讓我看看。哎呀，那的確是個吻。」

彼得沒聽見史萊特利說的話，他正在乞求溫蒂快點復原，好帶她去看美人魚。當然她還頭昏腦脹，沒辦法回答；不過這時從頭頂上傳來哭泣聲。

捲毛說：「是叮噹的聲音，她正在哭泣，因為溫蒂還活著。」

於是他們不得不把叮噹的罪行告訴彼得，他們幾乎從沒看過他的表情如此嚴厲。彼得高聲說：「叮噹鈴，妳聽好，我再也不是妳的朋友了。妳永遠離開我吧。」

叮噹飛到他的肩膀上哀求，但是他揮手趕走她。直到溫蒂再次抬起手臂，他的態度才軟化下來，說：「好吧，不必永遠，但是至少一整個禮拜。」

你以為叮噹鈴會因此感謝溫蒂嗎？噢，才不呢，她巴不得狠狠地捏溫蒂一把呢。仙子的性子的確很古怪，所以最瞭解他們的彼得經常打他們。

但是現在溫蒂身體這麼虛弱該怎麼辦呢？

捲毛提議：「我們把她搬到地下之家吧。」

史萊特利說：「是啊，我們是應該這樣照顧女士。」

彼得說：「不，不，你們絕對不可以碰她，那樣子對她不夠尊重。」

史萊特利說：「那正是我在考慮的問題。」

托托說：「可是如果躺在這裡，她會死掉啊。」

「對啊，她會死掉，」史萊特利承認，「可是沒有辦法啊。」

彼得大喊：「啊，有了！我們就圍著她蓋一間小屋吧。」

他們全都很高興聽到這個主意。

彼得命令他們：「快點，每一個人都把屋裡所有最好的東西拿來，把我們的屋子搬空，動作快！」

不一會兒，他們就像婚禮前夕的裁縫般忙碌了起來，東奔西跑，下去搬被褥，上來拿木柴。

正當他們忙得不可開交的時候，約翰和麥可出現了。他們拖著腳步慢吞吞地走過來，不時站著打瞌睡，停下腳步，醒來，再往前走一步，然後又睡著。

麥可喊道：「約翰，約翰，醒醒啊，娜娜在哪裡？還有媽媽呢？」

約翰揉一揉眼睛，喃喃地說：「是真的，我們真的在飛。」

你可想而知，他們遇到彼得，大大地鬆了口氣。

「你好啊，彼得。」

彼得友善地回答：「你們好。」

雖然彼得差不多已經忘了他們。此時他正忙著用腳測量溫蒂的身材，看她需要多大的房子；當然他還打算留空間擺放桌椅。

約翰和麥可在一旁看著他。

他們問：「溫蒂睡著了嗎？」

「是的。」

麥可提議：「約翰，我們把她叫醒，請她幫我們煮晚餐吧。」就在麥可說話的時候，其他幾個男孩抱著蓋房子用的樹枝匆匆跑過來。他喊道：「你看他們！」

彼得以十足隊長的口吻說：「捲毛，帶這兩個男孩幫忙蓋房子。」

約翰驚奇得大叫：「是，是，長官。」

「蓋房子？」

捲毛說：「給溫蒂住的。」

約翰吃驚地說：「給溫蒂住？為什麼？她只是個女孩子啊。」

捲毛解釋說：「就是因為這樣，所以我們是她的僕人。」

「你們？是溫蒂的僕人！」

彼得說：「沒錯，你們兩個也是。跟他們一起去吧。」

驚訝不已的兄弟倆被拉去幫忙砍樹和搬運木頭。

彼得下令，「要先做椅子和壁爐，然後我們再圍繞著這些東西來蓋房子。」

史萊特利說：「是啊，房子就是這樣蓋的。我全都回想起來了。」

彼得設想得非常周到，他又喊道：「史萊特利，去請醫生來。」

「是，是。」史萊特利回答後，一邊搔著頭一邊走開。他很清楚絕對要服從彼得的命令；因此過一會兒後，他戴著約翰的帽子，一臉莊重地走回來。

彼得說著走向他，「先生，請問您是醫生嗎？」

在這種時刻，彼得和其他男孩的差別在於：他們知道這是在假裝，但對彼得來說，假裝和真實完全是同一回事。這點有時候會讓他們很為難，例如在他們不得不假裝已經用過餐的時候。

要是他們的假裝失敗了，彼得就會敲打他們的指關節。

「是的，小伙子。」史萊特利惶恐不安地回答，因為他有些指節早已被敲裂了。

彼得說明，「麻煩您了，先生。有位小姐病得很重。」溫蒂就躺在他們的腳邊，不過史萊特利認為應該假裝沒看到她。「嘖，嘖，嘖，病人躺在哪裡？」

「在那邊的空地上。」

「我要把一個玻璃器具放進她嘴裡，」史萊特利說著，裝模作樣地比劃了起來。彼得則在一旁等著。當史萊特利拿出玻璃器具的那一刻，還真是令人心焦。

彼得詢問：「她怎麼樣了？」

「嘖，嘖，嘖，」史萊特利說，「這東西已經治好她了。」

「我真是太高興了！」彼得叫嚷著。

史萊特利吩咐說：「我今晚會再來。用有嘖嘴的杯子，餵她喝點牛肉湯。」當他把帽子還給約翰後，大大地吐了幾口氣，那是他逃過難關後的習慣動作。

在這段期間，樹林裡響起此起彼落的斧頭聲；在溫蒂的腳邊擺滿建造舒適住屋所需要的一切。

一個男孩說：「要是我們知道她最喜歡什麼樣的房子就好了。」

另一個男孩喊道，「彼得，她在睡夢中動起來了呢。」

第三個男孩叫起來，「她的嘴巴張開了！」他畢恭畢敬地注視著溫蒂的嘴。「噢，多麼可愛啊。」

彼得說：「也許她是要在睡夢中唱歌吧。溫蒂，唱出妳想要哪種房子吧。」

溫蒂沒有睜開眼睛，但立刻唱了起來：

「我希望有間漂亮的房子，

有生以來見過最小的一間，

四面有奇妙的小紅牆，

屋頂上長滿了綠色的苔蘚。」

男孩們聽到這首歌，欣喜地咯咯笑起來；因為非常幸運無比，他們砍來的樹枝流著黏稠的紅色樹液，而地面上則鋪滿了青苔。

他們叮叮咚咚地蓋起小房子時，自己也唱起歌來：

「我們蓋了小牆和屋頂，

還做了一扇可愛的門，
溫蒂媽媽，請告訴我們，
妳還想要什麼？」

對此，溫蒂貪心地回答：

「噢，其實接下來我想我要
四周裝上明亮的窗戶，
你們知道的，讓玫瑰花可以探進屋內，
小嬰兒可以往外張望。」

他們猛擊一下拳，裝上了窗戶，用大片的黃葉當成百葉窗。但是玫瑰花呢——？
彼得厲聲大喊：「玫瑰花。」
他們馬上假裝沿著牆壁種上最美麗的玫瑰花。
那小嬰兒呢？

為了防止彼得下令要嬰兒，他們急忙再度唱起歌來：

「我們已經讓玫瑰花綻放，
小嬰兒就快到門邊，
縱然我們曾經是嬰兒，
但你知道，我們自己可沒法製造出來。」

彼得認為這是個好主意，立刻假裝是自己想出來的。

小屋子蓋得相當漂亮，毫無疑問地，溫蒂住在裡頭會非常舒適；雖然，他們當然看不見她了。

彼得大步地走來走去，指揮最後裝飾的工作，沒什麼逃得過他的鷹眼；就在屋子看起來似乎完工的時候，他說：「門上沒有門環啊。」

他們感到非常難為情，不過托托獻出他的鞋底，做成了絕妙的門環。

他們心想，這下絕對齊全了。

但還是差了一點呢。

彼得說：「缺了煙囪，我們一定要有煙囪。」

約翰自命不凡地說：「當然一定需要煙囪。」

這讓彼得想到了一個點子——他一把抓下約翰頭上的帽子，敲掉帽頂，再將帽子擺到屋頂上。小屋非常高興得到了這麼一個頂好的煙囪，像是要表達感謝似地，立刻從帽子頂端噴出煙來。

現在溫蒂的家真正地完工了，再也沒別的可做，只剩下敲門了。

彼得警告他們：「你們全都要拿出最好的一面才行，第一印象可是非常重要的。」

他很慶幸他們全都忙著整理儀容，沒人問他第一印象是什麼。

彼得禮貌地敲了敲門，這時樹林和孩子們一樣安靜，除了叮噹鈴以外，聽不見一絲聲響。叮噹鈴在樹枝上觀望，不避諱地放聲嘲笑。

男孩心中懷疑會有人來應門嗎？如果是位小姐，她會是什麼模樣呢？

門開了，一位小姐走出來，是溫蒂。他們全都脫下帽子。

溫蒂看起來十分驚訝，而這正是他們希望看到她的樣子。

溫蒂說：「我在哪裡啊？」

第一個說話的當然是史萊特利，他連忙回答：「溫蒂小姐，我們為妳蓋了這間屋子。」

尼布斯嚷著：「噢，說妳很喜歡吧。」

溫蒂說：「真是間可愛迷人的房子。」

這也正是他們希望聽到她說的話。

雙胞胎說：「我們是妳的孩子。」

接著所有的人都跪下，伸出雙臂喊道：「噢，溫蒂小姐，請當我們的母親吧。」

「我行嗎？」溫蒂眉開眼笑地說，「這當然是非常令人心動的提議，可是你們瞧，我只是個小女孩。我沒有實際的經驗啊。」

彼得說：「不要緊，我們只是需要一個像母親那樣溫柔的人。」彷彿他是在場唯一瞭解這些事的人，但其實他是懂得最少的一個。

溫蒂說：「噢，天啊！你們瞧，我覺得我正是那樣的人呢。」

他們全都叫起來，「是啊，是啊。我們馬上就看出來了。」

「非常好，我會盡最大的努力。趕快進來吧，你們這些頑皮的孩子；我敢說你們的腳一定都濕了。在送你們上床之前，我還來得及講完灰姑娘的故事。」

於是他們全都進到屋子裡。

我不知道小屋怎麼會有空間容得下他們七個，不過在永無島上你能夠緊緊地擠在一起。

他們接下來將會和溫蒂共度許多個歡樂的夜晚，而這是第一夜。不久之後，溫蒂送他們回到地下之家的大床上睡覺，她自己當天晚上睡在小屋裡。彼得拿著出鞘的劍在外頭守護，因為他聽得見海盜在遠處狂歡，狼群在四處覓食。在黑暗中，百葉窗透出明亮的光線，煙囪冉起縷縷的輕煙，外頭又有彼得在站崗，小屋看起來非常舒適安全。過一會兒後，彼得睡著了，有些遊蕩狂歡的仙子搖搖晃晃地回家時，不得不從他身上爬過去。要是別的男孩在夜裡擋住仙子的路，肯定會被仙子們捉弄一番，不過對彼得，他們只是擰擰他的鼻子就過去了。

7 地下之家

隔天彼得做的第一件事情是測量溫蒂、約翰和麥可的身材，好為他們尋找合適的空心樹。你還記得虎克曾經嘲笑這群男孩竟然認為每個人都需要一棵樹，但這是他自己無知，因為除非那棵樹符合你的身材，否則爬上爬下是極為困難的，更何況從來沒有兩個孩子的身材是一模一樣的。如果樹很合身，你只要儘量地深吸一口氣，就能以不疾不徐的速度往下滑；上來的時候，你只要交替著吸氣呼氣，就能蠕動著爬上來。當然囉，等你動作熟練以後，就能不假思索的上下自如，而且姿勢優雅無比。

這一切的前提就是樹洞一定要合身。彼得在為你量身找樹洞時，細心得就像要裁製衣服一樣：唯一的差異是，衣服是按照你的身材剪裁，而樹洞呢，就必須由你自己去配合。通常這可以輕易做到，只要衣服多穿點或少穿點就行了，但是如果你在某些尷尬的部位特別臃腫，或者唯一可用的樹木的形狀奇特，那麼彼得就會在你身上施點辦法，之後你就能和樹洞相合了。一旦有了自己的樹洞之後，就必須小心翼翼地維持身材。日後，溫蒂將會很高興地發現這點可以讓全家人保持完美的體態。

溫蒂和麥可第一次試他們的樹洞，馬上就合適了，不過約翰必須稍微改變一下。

經過幾天的練習之後，他們已經可以像井裡的水桶一般輕快地上上下下。而且漸漸熱烈的喜歡上地下之家；尤其是溫蒂。和其他所有的屋子一樣，地下之家裡有一間大廳，你想去釣魚的話，可以直接挖開大廳的地板找蟲子，地上還長著顏色誘人的肥厚蘑菇，可以拿來當凳子。一棵永無樹想盡辦法要在大廳的中央生長，但是每天早上男孩們就會鋸斷樹幹，讓樹幹和地面齊平。每次到了茶點時間，樹又長到差不多兩呎高，這時他們會在樹頂放一片門板，如此一來，這棵樹就變成了一張桌子；等吃完下午茶，他們一收拾乾淨，立刻再把樹鋸掉；這樣就有寬敞的空間可以玩耍。大廳有一個巨大的壁爐，幾乎佔據了房間的每個角落，你想要在哪兒點火都可以。溫蒂在壁爐上拉了幾根用植物纖維編成的繩子，用來晾她清洗過的衣物。床鋪白天斜靠在牆上，傍晚六點半再放下來，這時大床會佔據房子的一半空間；除了麥可之外，所有的男孩都睡在這大床上，像罐頭裡的沙丁魚般一個緊挨著一個地躺著；就連翻身也有嚴格的規定，要等到有人發出信號，大家才同時翻身。麥可本來應該和大家一起睡在大床上，可是溫蒂想要有個嬰兒，而他是當中最小的男孩；你瞭解女人嘛，結果他就只好睡在掛起來的籃子裡。

地下之家粗陋簡單，差不多就是幼熊自己能弄出的地下窩那樣。不過地下之家的牆上有個比鳥籠小一點的凹處，那是叮噹鈴專屬的閨房。一幅小巧的帷幔將她的房間和其他地方分隔開來。事事講究的叮噹在穿脫衣服的時候，會將帷幔放下來。世上沒有任何女人，不論身材多大，能擁有比這更精緻的更衣室兼臥室了。那張她總是稱做臥榻的床，是真正的瑪布仙后式，有撲克牌梅花形的床腳；而且她會用當季果樹所開的花來變換床單花樣。她的鏡子是長靴貓所用的那種，就仙子小販所知，現在市面上僅剩三面沒有打碎；盥洗盆是餡餅皮的樣式，可翻轉過來，也就是兩面都可使用。五斗櫃是貨真價實的迷人王子六世的用品，地毯是瑪潔麗與羅賓顛峰時期的產品。房間內還有一盞用彩色小圓片組成的大吊燈裝點門面，不過當然她自己就能照亮住處。叮噹非常瞧不起地下之家的其他地方，的確這是難免的，因此她的閨房儘管美麗，卻顯得相當的不可一世，像是永遠往上翹的鼻子。

我猜想這一切對溫蒂來說都非常令人著迷，因為這群吵吵鬧鬧的男孩讓她忙得不可開交。事實上有好幾個禮拜的時間，除了有時晚上到自己的小屋去縫補襪子，她幾乎都沒到地面上去。我可以告訴你，光是為了做飯她就離不開那口鍋子，即使鍋子裡沒有東西，就算根本沒有鍋子，她照樣得一直留意著鍋子是否滾沸了。你永遠無法得知是否有真正的食物，或者只是假裝，那全憑彼得高興——他會吃東西，真正的進食；如果那是遊戲的一環的話。但他不會只為了得到飽足的感覺而暴飲暴食，那是大多數孩子最喜歡做的事。他們第二喜歡的是，談論填飽肚子。對彼得來說，假裝就跟真實一樣，因此在一頓飯之間，你能看見他的身體逐漸變圓。當然要假裝吃飽實在很難受，不過你只得以他為榜樣，除非你能向他證明你的樹洞變寬鬆了，他才會允許你塞滿食物。

溫蒂最喜歡在他們全部上床睡覺之後開始縫縫補補，按照她的說法，到這時候她才有自己喘息的時間。溫蒂都用這段時間忙著幫他們做新衣，在膝蓋處縫上雙層的布，因為他們褲子的膝蓋部位總是磨損得很厲害。

每當溫蒂坐到一籃襪子旁邊，看到每隻襪子的後跟都破洞了，她就會高舉起雙臂大聲哀嘆：「噢，天啊！我有時候真的很羡慕未婚的老姑娘呢。」但她喊著這句話的時候，臉上是堆滿了笑容。

你還記得溫蒂的那隻寵物狼吧。嗯，牠很快就發現溫蒂來到島上，並且找到了她，他們立即撲進彼此的懷裡。從那之後，牠和她就形影不離了。

隨著時間一天一天消逝，溫蒂是否曾想念家裡親愛的父母親呢？這是個困難的問題，因為很難估計永無島上的時間究竟是怎麼流逝的。永無島的時間是按照太陽和月亮來計算，可是這裡的太陽和月亮卻遠遠多過本土。不過我猜測溫蒂並不是很惦念她的父母親，她很有自信他們會永遠敞開窗戶等著她飛回去，因此覺得非常安心。溫蒂偶爾感到煩惱的是，約翰只隱約記得父母親，覺得他們是他曾經認識的人。至於麥可，則很樂意相信她真的是他母親。這令她有點害怕，於是她勇敢地急於負起責任，為了讓他們牢牢記住過去的生活，她做了些考卷給他們，盡可能地仿照她以前在學校裡寫的那種。其他男孩覺得十分有趣，堅持也要參加；他們各自做了寫字的石板，圍著桌子坐一圈，邊寫邊認真思考溫蒂寫在另一塊石板上的問題。

這些問題都很平常：

「母親的眼睛是什麼顏色？父親和母親哪一個比較高？母親的頭髮是金色還是深褐色？可能的話，三題都回答。」

「（A）寫一篇四十字以上的文章，題目是我怎麼度過上一次的假期，或是比較父親和母親的個性。任選一題寫即可。」

或者「（一）描寫母親的笑聲；（二）描寫父親的笑聲；（三）描寫母親的禮

服；（四）描寫狗屋和家裡的狗。」

全都只是像這樣的日常問題，要是你回答不出來，就打個叉；就連約翰打叉的數量也多得驚人。當然唯一回答了所有問題的只有史萊特利，沒人比他更有希望拿第一名；不過他的答案可笑極了，所以實際上他是最後一名，真是可悲。

彼得沒有參加考試。一來他鄙視所有的母親，當然除了溫蒂以外。二來他是島上唯一不會寫字或拼字的男孩，連最短的字都不會。他才不屑於這一類的事呢。

順道一提，所有的問題都是用過去式寫的。例如，母親「以前」的眼睛顏色等等。因為你知道連溫蒂自己也漸漸遺忘了。

當然囉，冒險的經歷是每天都在發生，以後我們將會看到；不過大約在這個時候，彼得藉由溫蒂的協助，發明了一種新遊戲，讓他深深地著迷，直到他突然間失去興趣為止；就像之前告訴過你的，他對遊戲的興趣向來不會持續太久。這個新遊戲是假裝沒有任何冒險活動，就像約翰和麥可以前成天都在做的那些事，坐在凳子上把球拋到空中，互相推擠，出去散步連隻熊也沒殺就回來。看見彼得什麼事也不做地坐在凳子上是難得的景象；在這種時候他總是不由得擺出一本正經的表情，坐著不動對他來說似乎是非常滑稽的事。他誇口說他曾為了有益健康出去散步過。接連好幾天，這些對他而言是最新奇的冒險活動；約翰和麥可也不得不假裝高興；否則他會嚴格地對付他們。

彼得經常單獨出門。當他回來時，你絕對無法確定他到底有沒有去冒險，他有可能忘得一乾二淨，所以隻字不提；可是當你出門的時候，卻在門口發現了屍體。另一方面，彼得也可能大談他的冒險經歷，然而你卻找不到屍體。有時候彼得頭上纏著繃帶回到家，溫蒂會輕聲細語地對他說話，用溫水幫他清洗傷口；這時他會說出一段令人驚嘆連連的故事。不過你知道的，溫蒂永遠無法百分之百地確定彼得說的是否真有其事。然而，溫蒂知道有許多冒險是千真萬確，因為她親身參與過，還有更多冒險至少有部分是真實的，因為其他男孩也參加了，而且說那些經歷統統是真的。要是把所有冒險全部寫出來，就會像一本像英文—拉丁文雙解字典那麼厚的書，我們最多只能舉一個實例，看看島上平均每小時是怎麼度過的。

困難的是究竟該選哪一個冒險故事？

我們該說史萊特利在峽谷和印第安人發生的小衝突嗎？那是場血腥的戰役，特別有意思的是顯現出了彼得的某項特點——在戰鬥中他會突然改變立場。在峽谷那一場戰役，當勝負仍然未定，勝利有時傾向這一方，有時傾向那一方時，彼得突然大聲喊道：「我今天是印第安人；托托，你是什麼？」

托托回答：「印第安人。尼布斯，你是什麼？」

尼布斯說：「印第安人。雙胞胎，你們是什麼呢？」

就這樣一個一個問下去，最後他們全成了印第安人，當然如此一來戰鬥就結束了。不過真正的印第安人覺得彼得的方法新奇有趣，同意當一次走失男孩，於是戰鬥又重新展開，戰爭比先前還要更猛烈。

這次冒險活動驚人的結局是——不過我們還沒決定這就是我們要講的冒險故事呢，也許更好的故事是印第安人夜襲地下之家。那一次他們有好幾個人卡在空心樹裡，不得不像軟木塞一樣被拔出來。或者我們可以說說彼得如何在美人魚的潟湖救了虎蓮公主一命，因此和她結成盟友的故事。

又或者我們可以講述海盜烤得那個毒殺男孩的蛋糕，他們如何狡詐地將蛋糕放在一個又一個不同的地點；不過溫蒂總是能一把從她的孩子們手中搶走蛋糕，因此蛋糕到最後就失去了水分，硬得像石頭一樣，被拿來當做飛彈；虎克在黑夜中還被蛋糕絆倒，摔了一跤。

要不然我們講彼得的那群鳥兒好朋友們，尤其是那隻永無鳥，牠的巢築在樹枝突出於潟湖上方的一棵樹上，某一天鳥巢掉落到水裡，但永無鳥仍然繼續孵著蛋，於是彼得下令誰也不許去打擾牠。那是個溫馨的故事，結局證明了鳥類是多麼地感恩圖報。不過假如我們要講這個故事，就必須連同整個潟湖的冒險事件一起講，就變成講兩個故事，而不只是一個。

還有一個比較短的冒險故事，不過同樣的精彩刺激，是叮噹鈴借助一些流浪的仙子，把熟睡的溫蒂搬到一片漂在海面的巨大樹葉上，想讓她漂回英國本土；葉子漂啊漂的，竟沉了下去，在海中驚醒的溫蒂，一時還以為自己是在洗海水浴呢；幸好最後她自己游回島上。

又或者，我們可以選擇彼得挑戰獅子的故事。那次彼得用箭在地上畫了一個圈，圍住自己，挑釁獅子跨進來；雖然他等了好幾個小時，其他的男孩和溫蒂在樹上屏住呼吸旁觀，但是沒有一隻獅子敢跨進圓圈去挑戰他。

這麼多的冒險故事，我們到底該挑選哪一個呢？最好的方法是擲硬幣來決定。

我已經擲了，勝出的是潟湖歷險。或許有人會希望獲勝的是峽谷或毒蛋糕，或是叮噹的葉子；當然我可以再擲，以三局來決勝負；不過，最公平的話，就還是講潟湖的故事吧。

8 美人魚的潟湖

如果你闔上雙眼，運氣好的話，偶爾會看到黑暗中懸浮著一汪沒有固定形狀的水池，湖水顏色淺淺淡淡的，非常漂亮；要是你把眼睛再閉緊一點，池子就會開始成形，湖色也會逐漸鮮明起來；眼睛再瞇緊一些，那顏色簡直就像著了火似的光亮。不過在湖水燃燒起來之前，你就會看見潟湖了。這是你在本土所能見到最接近潟湖的景象，這如天堂般的影像只閃現短短的一瞬；要是能持續久一點，你也許就能夠看見浪濤，並聽見美人魚的歌聲。

孩童經常在潟湖消磨長長的夏日時光，游泳或漂浮，在水裡玩美人魚遊戲之類的。你千萬不要因此以為美人魚和他們的關係友好，正好相反，溫蒂在島上的時候，從來沒聽過美人魚對她說一句客氣的話，那是她永遠的遺憾。當她輕聲悄悄地走到潟湖邊，就會看見成群的美人魚，尤其是在流囚岩上，她們喜歡在那兒曬太陽，慵懶地梳理頭髮。這讓溫蒂感到十分煩躁，她可以游過去，也可以踮起腳尖走過去，到距離她們一碼遠的地方；不過她們只要一見到溫蒂，就會潛進水裡，還會用尾巴潑得她一身水；不是不小心，而是故意的。

美人魚對待所有的男孩也是如此，當然除了彼得以外，他可以在流囚岩和她們閒聊好幾個鐘頭，笑鬧的時候坐在她們的尾巴上。彼得還送給溫蒂一把美人魚的梳子。

每當月亮初升，是觀看美人魚最令人難忘的時刻，因為她們在這時會發出奇特的哭泣聲；不過這時人類接近潟湖也是很危險的事。一直到我們現在要講述的那個夜晚之前，溫蒂從沒見過月光下的潟湖，倒不是害怕，因為彼得會陪在她身邊，而是她嚴格規定每個人都要在七點前上床。但是她時常在雨過天晴的日子到潟湖，這時會有特別多的美人魚浮出水面來玩泡泡。她們用映著彩虹的湖水吹出色彩繽紛的泡泡，像玩球一樣，用尾巴輕輕地拍打泡泡，這一隻美人魚傳給另一隻，設法把泡泡拍進彩虹裡，直到泡泡破碎為止。球門設在彩虹的兩端，只有守門員可以運用兩隻手。有時候在潟湖中同時舉行十二場比賽，構成相當美麗的景觀。

可是一但孩子們想要加入，美人魚就會立刻消失無蹤，因此男孩們只好自己玩耍。

雖然如此，我們有證據顯示，她們偷偷在一旁觀察這些闖入者，從他們那兒學些新花招；因為約翰發明了不用手而用頭拍打泡泡的新方法，美人魚也學了這一招。這是約翰留在永無島上的一項功績。

溫蒂堅持要孩子們在午餐後，到岩石上休息半個小時；觀賞這景象也挺有意思。即使午餐是假裝的，也必須真的休息。男孩們躺在陽光下，身體曬得閃閃發亮；溫蒂坐在他們身邊，一臉神氣的樣子。

就在這樣的一天，他們全躺在流囚岩上。這塊岩石跟他們的大床差不多大，可是他們全都知道怎麼躺才不會佔太多空間。他們有的打著盹，或者至少閉上眼睛躺著，偶爾趁溫蒂不注意的時候互相捏來掐去。

溫蒂在一旁忙著縫衣物，就在她做針線活的時候，潟湖起了變化。一陣陣輕微的震顫掠過湖面，太陽消失了，陰影悄悄地籠罩住湖面，湖水變得冰冷。陰暗使溫蒂看不清楚，連穿針引線都沒辦法，她抬起頭看，一直以來充滿歡笑的潟湖現在看起來令人畏懼害怕。

溫蒂知道並不是夜晚降臨，而是有如夜一般漆黑的東西到來。不，比那更可怕。雖然還沒來，卻已經讓湖面起了寒顫，宣示它即將來臨。

到底是什麼呢？

溫蒂的腦袋湧現所有曾經聽說關於流囚岩的故事，這塊石頭之所以被稱做「流囚岩」，是因為惡毒的船長把水手丟棄在岩石上等死，當潮水不斷上漲，直到淹沒岩石，石上的水手也就淹死了。

溫蒂應該立刻叫醒孩子，不光是因為未知的危險逐漸向他們逼近，而且睡在變得冰冷的岩石上對身體不好。但她是個年輕的母親，她不懂得這些；她必須堅守午餐後休息半個鐘頭的規定。因此，儘管溫蒂非常害怕，渴望聽到男性的聲音，她也沒把男孩們喚醒。即使溫蒂聽見了低悶的划槳聲，心臟都跳到嘴裡了，她還是沒叫醒他們。溫蒂站在男孩們身旁，堅守著要讓他們睡足時間。

溫蒂是不是很勇敢呢？

幸好男孩裡有一個人即使在睡夢中也能察覺到危險。

彼得一躍而起，挺直身體，像隻戒備中的狗似地立刻完全清醒，他發出警告的呼喊，叫醒了其他人。彼得動也不動地站著，一隻手擺在耳朵邊，然後大喊：「海盜！」其他男孩也都立刻起身並聚攏在他身邊，彼得臉上浮現一抹古怪的笑容，溫蒂看見了，不由得打了個哆嗦。彼得臉上出現那種微笑時，沒人敢和他說話；他們只能站在一旁等候命令。

彼得的命令清楚而犀利：「潛到水裡。」

只見幾條腿瞬間一閃，頓時潟湖好像遭人遺棄了一般，彷彿遭到放逐似的流囚岩孤伶伶地豎立在令人生畏的湖水中。

一艘船駛近了。那是海盜的小艇，上頭有三個人——史密和史塔奇，第三個是俘虜，不是別人，正是虎蓮公主。她的兩手和腳踝都被捆綁起來，她心知等待自己命運是什麼。她將要被丟棄在岩石上等死，對她部落的人而言，這種結局比被火燒死或酷刑折磨更為可怕，難道在他們部落的書中沒有寫著：水中沒有通往幸福獵場的道路嗎？不過她的表情無動於衷，因為她是酋長的女兒，死也必須像個酋長女兒，這樣就夠了。

虎蓮嘴裡銜著刀子登上海盜船的時候，被他們逮到了。那艘船上沒有守衛，因為虎克誇口說自己的威名可在方圓一英里內保衛他的船。如今她的命運也將幫他守護海盜船了，又一聲悲嘆會隨著夜風傳遍各地。

黑暗中，兩名海盜沒看見岩石，直到船撞上了岩石。

史密用愛爾蘭口音的聲音喊道：「逆風行駛啊，你這笨蛋。流囚岩到了。現在，我們得把這個印第安人扔到岩石上，留她在這裡等著淹死。」

抗。

要把這麼美麗的女孩拋棄在岩石上是件殘忍的事；但虎蓮非常高傲，不做無謂的抵抗。

在距離流囚岩不遠處，但海盜看不見的地方，有兩顆腦袋在水中載浮載沉，那是彼得和溫蒂。溫蒂正在哭，因為那是她第一次看到的慘劇。彼得看過許多慘劇，不過他全忘了。彼得不像溫蒂那樣替虎蓮感到難過，但是海盜二對一的行為激怒了他，他打算救她。最簡單的方法是等到海盜離開，但是彼得從來不選擇簡單的方法。而且幾乎沒有他辦不到的事。

此時他就模仿起虎克的聲音，模仿得唯妙唯肖，高聲喊：「喂，你們這些笨蛋！」

「是船長！」二個海盜驚愕地面面相覷。

史塔奇說：「他一定是朝我們游過來了。」

他們睜大眼睛尋找他，當然只是白費力氣。

史密大聲說：「我們正要把這個印第安女人扔到岩石上。」

令人驚訝的回答傳來——「放了她。」

「放了！」

「對，割斷繩子，放她走。」

「可是，船長——」

彼得喊道：「馬上，聽到沒有，不然我就要用鉤子捅你們喔。」

史密喘著氣說：「這太奇怪了。」

史塔奇提心吊膽地說：「最好還是照船長的命令去辦吧。」

「唉，是啊。」史密割斷捆綁虎蓮的繩索。

虎蓮立刻像條鰻魚一樣從史塔奇的兩腿之間滑進水裡。

看到彼得如此機靈，溫蒂當然非常高興；不過她曉得他會得意洋洋，很有可能歡呼起來，洩漏了自己的身分，因此她伸手想摀住他的嘴，但潟湖上傳來像是虎克聲音的叫喊：「唷嗬，小艇。」溫蒂愣住了，手停在半空中，她知道現在這個可不是彼得的聲音。

彼得或許正打算歡呼，但是他驚訝得皺起臉來，吹了一聲口哨。

「唷嗬，小艇！」那聲音又傳來。

現在溫蒂明白了，真正的虎克也在水裡。

虎克正向小艇游來，他的手下打著燈指引他，讓他很快就游到小艇邊。在提燈的亮光下，溫蒂看見他的鉤子緊鉤住船邊，他濕淋淋地從水裡爬上小艇的時候，她看見了那張邪惡黝黑的臉；她渾身發抖，很想趕快游走，但彼得不肯移動。彼得正因為救了人一命而興奮不已，驕傲自滿得渾身輕飄飄的。

彼得對溫蒂悄聲說：「我真是個奇才，我真是個奇才啊。」

儘管溫蒂也這麼認為，但為了彼得的名聲著想，她還是很慶幸除了她以外，沒人聽到他說的話。

彼得向溫蒂打了個手勢，要她仔細聽。

兩名海盜非常想知道船長為什麼到這裡來，不過虎克用鐵鉤托著頭坐在那兒，顯得十分鬱悶的樣子。

「船長，一切都還好嗎？」

他們膽怯地問，但他的回答只是一聲空洞的悲嘆。

史密說：「他嘆氣了。」

史塔奇說：「他又嘆氣了。」

史密說：「他已經第三次嘆氣了。」

最後虎可終於開口激動地說：「計謀失敗了，那些男孩找到了一位母親。」

溫蒂雖然嚇壞了，卻也引以自豪。

史塔奇喊道：「噢，倒楣的一天。」

無知的史密詢問：「母親是什麼啊？」

溫蒂太驚訝了，不由得脫口叫出：「他居然不知道母親呢。」

從此以後，溫蒂覺得如果能養個海盜當寵物的話，她會想要養史密。

彼得將她一把拉到水面下，因為虎克跳了起來，大聲問：「那是什麼？」

「我什麼都沒聽到啊。」史塔奇邊說邊舉起提燈照向水面。

海盜在張望的時候，他們看見了奇怪的景象——就是我先前告訴過你的那個鳥巢，在潟湖上漂浮著，而永無鳥伏在巢上。

虎克回答史密的問題說：「瞧，那就是母親。多麼可敬的榜樣。那個鳥巢一定是掉進水裡，可是那隻母鳥拋棄了牠的蛋嗎？並沒有。」虎克的聲音有些變調，似乎在一瞬間回想起他自己天真無邪的日子——不過他立刻用鐵鉤揮開了軟弱的思緒。

史密深受感動，凝視著那隻鳥，看著鳥巢逐漸漂遠。

多疑的史塔奇說：「如果她是位母親，或許她在這裡逗留是為了幫助彼得。」

虎克皺了皺眉，「唉，那正是我一直擔心的事啊。」

這時史密熱切的聲音喚起了情緒低落的虎克，「船長，我們難道不能把這些男孩的母親擄來當我們的母親嗎？」

虎克大叫：「這計策真是太棒了。」他偉大的腦袋馬上想出具體的方案。「我們把那群孩子抓到船上，逼男孩去走跳板淹死，這樣一來她就是我們的母親了。」

溫蒂再度忘我地叫出聲來：「絕不！」同時她的頭冒出了水面。

「那是什麼？」

但是他們什麼也看不見，以為是風吹樹葉的聲音。

虎克問道：「夥伴們，你們贊成嗎？」

他們兩人都說：「我舉手贊成。」

虎克說：「那我舉鉤子，發誓。」

他們全都發了誓。此時他們登上了流囚岩，突然間虎克想起了虎蓮；出其不意地問道：「那個印第安女人到哪裡去了？」

虎克時常喜歡開玩笑，因此他們以為他又在鬧著玩。

「放心吧，船長。」史密沾沾自喜地回答，「我們放她走了。」

虎克大叫：「放她走了！」

水手長顫抖著說：「那是你自己下的命令。」

史塔奇說：「你在水裡大喊，叫我們放她走。」

虎克暴跳如雷地咆哮：「該死的！這裡是在搞什麼鬼！」他的臉氣得發黑，可是他發現他們深信自己所說的話，不禁大為吃驚。虎克微微發抖地說：「兄弟們，我沒有下這樣的命令。」

史密說：「那真是太奇怪了。」

他們全都不安地擔憂起來。

虎克聲音有點顫抖，提高音量地說：「今晚在這黑暗瀉湖徘徊的幽魂啊，你聽到我的聲音嗎？」

照理彼得應當保持沉默，可是他當然沒有。彼得立刻模仿虎克的聲音回答：「去你的鬼，我聽到了。」

在這最緊要的關頭，虎克也沒有被嚇得臉色發白，不過史密和史塔奇兩人嚇得緊緊抱在一起。

虎克質問：「陌生人，你是誰？你說啊！」

那聲音回答：「我是詹姆斯・虎克。快樂羅傑號的船長。」

虎克嗓音嘶啞地吼道：「你不是。你才不是呢。」

那聲音反駁說：「該死的！你敢再說一次，我就把錨拋到你身上。」

虎克忽然討好且低聲下氣地說：「如果你是虎克，那你告訴我，我是誰？」

那聲音回答：「一條鱈魚。只不過是一條鱈魚。」

「鱈魚！」虎克驚愕地重複彼得的話，就在那時候，他向來鼓脹的傲氣突然洩氣了。他看見他的手下往後退縮，和他保持距離。

他們喃喃地說：「難道一直以來都是一條鱈魚在率領我們嗎？我們的顏面都掃地了。」

他們原先是他的狗，現在卻反咬他一口。然而，儘管虎克落到這麼悲慘的下場，他卻幾乎沒注意到他們。要反駁如此可怕的證詞，他需要的不是他們對他的信賴，而是他自己的自信心。虎克感覺到自信心正從他身上悄悄溜走，他沙啞地低聲說：「好夥伴，別拋棄我。」

和所有偉大的海盜一樣，在虎克凶惡的天性中帶有些微陰柔特質，有時候會因此出現一些直覺的靈感；於是他忽然間想要玩一下猜謎遊戲。

虎克大聲說：「虎克，你能發出別的聲音嗎？」

彼得從來沒辦法抗拒玩遊戲的誘惑，因此他以自己本來的聲音快活地回答：「當然可以。」

「那你有別的名字嗎？」

「有啊，有啊。」

虎克問：「是植物？」

「不是。」

「礦物？」

「不是。」

「動物？」

「對。」

「男人？」

彼得用輕蔑的語氣，聲音嘹亮地回答：「不！」

「男孩？」

「對。」

「普通的男孩？」

「不是！」

「與眾不同的男孩？」

這次彼得嘹亮地說出的答案是：「對。」

溫蒂聽了大為苦惱。

「你住在英國？」

「不是。」

「你住在這島上？」

「對。」

虎克完全摸不著頭緒，他擦拭汗濕的額頭，對另外兩人說：「你們問他幾個問題吧。」

史密想了一下，感到抱歉地說：「我想不出任何問題。」

「猜不出來，猜不出來！」彼得大聲歡呼，「你們認輸了嗎？」

彼得一得意起來就忘形了，讓海盜找到了機會。

他們急切地回答：「對啊，對啊。」

彼得大聲說：「那好，我就告訴你們吧。我是——彼得潘。」

一瞬間，虎克恢復了自信心，史密和史塔奇也變回他忠實的心腹。

「這下我們可逮到他了！」虎克大喊，「史密，潛進水裡。史塔奇，看好小艇。無論死活都要抓到他。」虎克說著跳進水中。

就在同一時刻，傳來彼得歡樂的聲音：「孩子們，你們準備好了嗎？」

從潟湖各個不同角落傳來回答：「好了，好了。」

「那就開始攻擊海盜吧。」

這場戰鬥雖然短暫，卻十分激烈。最先讓敵人流血的是約翰，他英勇地爬上小艇抓住史塔奇。兩人經過一番猛烈地搏鬥後，約翰打落了海盜手中的短劍。史塔奇拚命掙脫，跳進水裡，約翰也跟著他跳下去。小艇漂走了。

水面各處不時有腦袋冒出來，然後刀光一閃，接著是一聲慘叫或歡呼。在混亂之中，有些人不小心打到自己人。史密的開瓶鑽刺中了托托的第四根肋骨，可是他又被捲毛擊傷。離岩石較遠的地方，史塔奇正猛烈地進逼史萊特利和雙胞胎。

在這段時間，彼得跑到哪裡去呢？他正在找尋更大的獵物呢。

虎克的鐵爪子將周圍變成一圈死亡水域，男孩們如受到驚嚇的魚群般紛紛逃開。不能責怪其他男孩躲避海盜船長，他們全都非常英勇。

不過有一個人絲毫不懼怕虎克，有一個人準備跳進那個死亡水域中；奇怪的是，他們相遇的地點卻不在水裡。

在虎克爬上岩石喘息的同一時刻，彼得也從相反的一側爬上去。岩石滑溜得像顆球一樣，他們沒法攀爬，而是匍匐著往上爬。當然他們都不知道敵人也正爬上來，兩人在摸索著力點的時候，碰到了對方的手臂，他們驚訝得抬起頭來，兩人的臉差點就碰在一塊兒，就這樣他們相遇了。

有些最偉大的英雄承認過，在開始搏鬥前，他們會感覺到胃部一沉。如果彼得當時也是如此，我會坦白地寫出來，畢竟虎克可是海盜頭子西爾弗唯一懼怕的人。不過彼得絲毫沒有胃部一沉的感覺，他唯一有的感覺是欣喜；他高興得咬緊那口漂亮的牙齒，用迅雷不及掩耳的速度一把奪取虎克腰帶上的刀，正準備往虎克的要害插去時，他看見自己在岩石上的位置比敵人還高，這樣子打鬥不公平，於是他伸手去把海盜拉上來；但就在這時虎克咬了他一口。

彼得愣住了，不是因為疼痛，而是因為不公平，他頓時不知所措，震驚得只能睜大眼睛瞪著。

每個孩子頭一次受到不公平對待的時候，都會像這樣深受影響。他真誠地對待你，一心想著他有權得到公平的待遇。你對他不公平之後，他依然會再愛你，但從那以後他就再也不是原來的那個孩子了。

沒有人會忘記初次遭遇的不公平，除了彼得。他經常遇到，但他總是忘記。我想這是他和所有其他孩子真正不同之處。

他現在遭遇到了不公平，就彷彿是第一次一樣；他只能茫然不知所措地瞪著眼睛；虎克的鐵爪又抓了他兩次。

過一會兒之後，其他男孩看見虎克在水裡發瘋似地游向海盜船；那張惱人的臉上沒有得意洋洋的神色，只有慘白的恐懼，因為鱷魚正頑強地緊追在他後面。若是在平時，男孩們會跟在他旁邊游泳和喝采；但是現在他們感到不安，因為他們找不到彼得和溫蒂兩個人，他們在潟湖裡大聲呼喊彼得和溫蒂的名字，四處搜找他們。

男孩們發現了小艇。他們搭上小艇回家，一面高聲喊著：「彼得，溫蒂。」

可是沒有回應，只聽見美人魚嘲弄的笑聲。

男孩推斷：「他們一定是游回去，或者飛回去了。」

男孩們不是非常擔憂，因為他們對彼得很有信心。他們孩子氣地咯咯竊笑，因為今晚可以晚點睡了，這全是溫蒂媽媽的錯。

當他們的聲音漸漸遠去後，潟湖上一片冷清寂靜，忽然一聲微弱的呼喊傳來：「救命啊，救命啊！」

兩個小小的身影正朝岩石游過來，男孩的臂彎裡躺著一個昏厥的女孩。彼得使出最後的力氣將她拉上岩石，然後在她身旁倒了下來。即使他也快要昏迷了，還是發現湖水正在上漲，他知道他們很快就會淹死，但是他實在無能為力了。

就在他們並肩躺在那裡的時候，一條美人魚抓住溫蒂的雙腳，輕輕地把她往水裡拖。彼得感覺到溫蒂從他身邊滑開，瞬間驚醒，及時把她拉回來。

可是彼得不得不告訴溫蒂實情：「溫蒂，我們現在困在流囚岩上，可是岩石越來越小了，再過不久湖水就會淹沒這塊石頭了。」

儘管如此，溫蒂還是不明白，她輕鬆地說：「我們必須離開啊。」

彼得無力地回答：「對。」

「彼得，我們要游回去，還是飛回去？」

彼得不得不告訴她：「溫蒂，妳認為沒有我的幫助，妳能游泳或者飛回島上嗎？」

溫蒂承認自己已經筋疲力盡了。

彼得呻吟了一聲。

「怎麼了？」溫蒂很擔心彼得的狀況。

「溫蒂，我沒辦法幫妳。虎克打傷了我。我沒辦法飛行，也游不動了。」

「你的意思是我們兩個都會淹死嗎？」

「妳瞧，湖水漲起來了。」

他們用兩手遮住眼睛，不敢看湖水上漲的景象。他們以為自己的命就快要結束，就在他們這樣坐著的時候，有個東西輕輕地碰了彼得一下，輕得像個吻，隨後便停留在那兒，彷彿在羞怯地說：「我能幫上什麼忙嗎？」

那是風箏的尾巴，是麥可前幾天做的風箏。它掙脫了他的控制，飄走了。

「麥可的風箏。」彼得不感興趣地說，但是緊接著他抓住了風箏尾巴，將風箏拉到身旁。彼得喊道：「這風箏把麥可拉到半空中，也許可以帶妳走？」

「把我們兩個一起帶走。」

「這風箏帶不了兩個人，麥可和捲毛試過了。」

溫蒂勇敢地說：「那我們來抽籤吧。」

「絕對不行。妳是位小姐耶。」彼得已經將風箏尾巴綁在她身上。

溫蒂緊抱住彼得不放，拒絕獨自一人離去。

可是彼得對她說了一句：「再見了，溫蒂。」便將她從岩石上推出去。

不一會兒溫蒂就隨著風箏飄走。直到彼得看不見她，她也看不見彼得了。

彼得孤伶伶地一個人在潟湖上。

岩石現在只剩一小塊露出水面，不久就會完全淹沒了。淺淡的月光悄悄地籠罩住湖面，過不久就會聽見世上最動聽，也是最憂傷的聲音——美人魚在呼喚月亮。

彼得和其他的男孩不大一樣，不過最後他還是害怕了。他渾身顫抖起來，有如湖面上吹蕩起一陣波動，只不過湖水是一波緊接著一波，直到堆起成千上百的波濤，但彼得只感覺到一陣戰慄。轉瞬間他又直挺挺地站在岩石上，臉上帶著笑容，心房裡的小鼓咚咚地直敲，在說：「死亡是最偉大的冒險。」

9 永無鳥

潟湖上完全只剩下彼得一人，在這之前他聽到的最後聲響是，美人魚一條接一條回到她們在湖底的寢室。他離得太遠，因此聽不見她們的關門聲；不過美人魚居住的珊瑚洞穴，每扇門上都有一個小鈴鐺，每當門開或關時都會叮鈴作響（就像英國大陸所有最體面的房舍一樣），所以他聽見了鈴聲。

湖水不斷地上漲，開始一點一點地啃咬他的雙腳；在湖水最後吞噬他之前，為了打發時間，他直盯著潟湖上唯一的東西——他以為那是一張漂浮的紙張，也許是那只風箏的一部分，他無聊地估算那東西漂到岸邊需要多久時間。不久後他注意到一件怪事，那東西在潟湖上漂浮是有明確的目的，因為它努力地在和浪潮對抗，有時候甚至戰勝了風浪；當它贏的時候，向來同情弱者的彼得忍不住鼓掌叫好，這張紙真是太英勇了。

其實那不是紙張，而是永無鳥。她坐在巢裡，不顧一切地奮力划向彼得。自從她的巢掉落水中，她就學會了鼓動翅膀來划行，她靠著這一招勉強能操縱這艘奇特的小船——其實是她的巢，可是等到彼得認出她的時候，她已經非常疲憊了。她是前來救他的，要把自己的巢給他，雖然裡頭還有蛋。

我非常不能理解這隻鳥，因為雖然彼得對她不錯，可是他有時候也欺負她。我只能猜想，這隻鳥大概就像達林太太和其他婦人一樣，因為他有一口乳牙就心軟了吧。

她高聲對他說明自己來這裡的目的，他也大聲問她在那裡做什麼，不過當然他們彼此都聽不懂對方的語言。

在幻想的故事中，人可以自由地和鳥類交談，我真希望我能暫時假裝在這故事中也是如此——假設彼得可以聰明地和永無鳥對答；不過最好還是實話實說，我只想告訴你實際發生的事。嗯，他們不僅是言語不通，而且連禮貌都忘了。

鳥兒呼喊：「我—要—你—到—巢—裡—來。」她盡可能說得慢一點，清楚一點。「這—樣—你—就—可—以—漂—回—岸—上，可—是—我—太—累—了，沒—辦—法—划—得—更—靠—近—一—些，所—以—你—得—想—辦—法—游—過—來。」

彼得回答：「妳在呱呱叫什麼？妳為什麼不讓鳥巢像平常一樣漂流呢？」

永無鳥再把剛才的話重複一次，「我—要—你—」

彼得也試著放慢速度，說清楚一點，「妳—在—呱—呱—叫—什—麼？」

永無鳥生氣了，他們的性子總是非常急。

她尖聲喊叫：「你這個呆頭小笨蛋，你為什麼不照我吩咐的去做？」

尖銳聲讓彼得覺得她是在罵他，因此怒氣沖沖地胡亂反擊回去：「妳才是呢。」

接著說也奇怪，他們竟然同樣破口罵道：

「閉嘴！」

「閉嘴！」

雖然如此，永無鳥仍下定了決心要救他，因此她最後一次用勁猛推，把巢靠到岩石上。隨後她飛上天空，捨棄了自己的蛋，以表明她的意思。

終於，彼得明白了永無鳥的意思，他抓住鳥巢，向盤旋在頭頂上的永無鳥揮手致謝。不過，她在空中徘徊不是為了接受他的謝意，也不是要看著他安全進入鳥巢；而是要看他怎麼處置巢裡的蛋。

鳥巢中有兩顆白色的大鳥蛋，彼得把鳥蛋舉起來，考慮著該怎麼辦；永無鳥用翅膀遮住臉，不敢看蛋最後的下場；不過她還是忍不住從羽毛縫間偷看……

我忘了是否曾經告訴過你，流囚岩上有根木棍，是很久以前幾名海盜釘在那兒，用來標示埋葬財寶的地點。孩子們發現了寶庫，有時會淘氣地抓起一把又一把的葡萄牙金幣、鑽石、珍珠和西班牙銀幣，扔向海鷗們，以為是食物的海鷗便撲過來搶食，等發現是孩子耍他們的卑鄙把戲時，就生氣地飛走。那根木棍仍在那兒，史塔奇把他的帽子掛在上頭，一頂高高的寬邊防水油布帽。彼得把蛋放進帽子，再將帽子擺到潟湖上；帽子在湖面平穩地漂浮起來。

永無鳥立刻看懂彼得在做什麼，大叫起來，表示對他的欽佩；而彼得也跟著歡呼附和她。隨後彼得坐進鳥巢裡，將木棍立在巢中當作桅杆，再把自己的襯衫掛起來充當船帆。在此同時，永無鳥飛到帽子上，再次安穩地伏在蛋上。她往一個方向漂，他則漂往另一個方向，雙方都滿心歡喜。

當然囉，在彼得登陸以後，他將這艘小船（其實是永無鳥的巢）拖上岸，放置在永無鳥能輕易發現的地點；可是那頂帽子太好用了，永無鳥反而捨棄了鳥巢。鳥巢四處漂來漂去，最後破成碎片。後來，史塔奇每次來到潟湖的岸邊，看見永無鳥坐在他的帽子上，內心都充滿了怨恨。因為我們不會再見到她，所以或許值得提一下，現在所有永無鳥築的巢，都是那種讓雛鳥可在上頭活動的寬邊形狀。

彼得回到地下之家時，被風箏拉著四處飄蕩的溫蒂也差不多同時到達，大家歡欣鼓舞。每一個男孩都有冒險故事可說，不過或許其中最令大夥兒興奮的是，睡覺時間延後了好幾個小時。他們因此得意洋洋，使出各種拖延的招數，像是要求包紮繃帶等等，一直延遲上床的時間；雖然溫蒂非常高興他們全都安然無恙地回到家裡，可是發現時間這麼晚了仍然大吃一驚。

溫蒂高聲地嚷著：「全都給我上床去，全都給我上床去。」那語氣讓人不得不服從。不過，隔天溫蒂就非常溫柔地發繃帶給每一個人，於是他們有的一瘸一拐，有的手臂用繃帶吊著，一直玩到就寢時間。

10 快樂的家庭

那次在潟湖與海盜起衝突帶來的重要結果是，印第安人成了男孩們的朋友。彼得將虎蓮從可怕的厄運中拯救出來，因此她和她的勇士們願意為他做任何事。他們整晚坐在地面，持續守護著地下之家，等待海盜的大舉來襲，因為海盜的進攻顯然不會延遲太久。即使是白天，他們也在四周閒蕩，友好地輪流抽一管煙斗，看起來簡直像是在等著吃什麼美味食物似的。

「偉大的白人父親。」印第安人這樣稱呼彼得，拜倒在他前面。

彼得非常喜歡這一套，這對他實在不是什麼好事。當他們匍匐在他腳邊的時候，他會用不可一世的態度對他們說：「很高興看到皮卡尼尼的戰士保衛他的家，防禦海盜的侵犯。」

那位美麗的人兒會回答：「彼得潘救了我。我，虎蓮，是他的好朋友，絕不會讓海盜傷害他。」

虎蓮實在太美了，不適合這樣卑躬屈膝，可是彼得認為自己當之無愧，他用高高在上的態度回答：「這樣很好。彼得潘說了……」

每次他說「彼得潘說了」，就表示要他們閉上嘴；他們也就以謙卑的態度順從聽命。但印地安人對其他的男孩絕不是那麼恭敬，他們把其他男孩只當成普通的勇士看待。他們只會對其他男孩說「你好嗎」之類的話，令男孩們不高興的是彼得似乎認為這樣子是理所當然。

私底下溫蒂有點同情他們，不過她是個忠順的家庭主婦，所以不聽任何抱怨父親的話。無論她個人的看法如何，她總是說：「父親永遠是對的。」而她個人的看法是那些印第安人不該叫她老婆。

我們現在要說到那個夜晚了，他們稱那天晚上為夜中之夜，因為那夜的驚險經歷及結果特別重要。那日白天幾乎平靜無事，彷彿是在靜靜地養精蓄銳，而此時印第安人裹著毛毯在地面站崗，地底下所有的孩子正在吃晚餐；除了彼得之外，他到外面去打聽時間了。在島上得知時間的方法是找到那隻鱷魚，然後待在他附近等鐘聲響起。

這頓飯碰巧是假裝的茶點，男孩們圍著桌子坐著貪婪地狼吞虎嚥；事實上，他們嘰嘰喳喳地說個不停，時而互相指責，那噪音如溫蒂形容的實在是震耳欲聾。當然，她不介意吵鬧，她只是不希望他們爭搶東西，再為自己辯解，說是托托推了他們的手肘一把。溫蒂定了一條不容變更的規矩：吃飯時絕對不能反擊，要禮貌地舉起右手說：「我要抗議某某人。」讓她解決他們爭執的問題，可是他們時常忘記這麼做，要不然就是一個接一個地抗議沒完。

溫蒂大喊：「安靜。」她已經第二十次告訴他們不要同時說話了。「親愛的史萊特利，你的杯子空了嗎？」

史萊特利看了一下想像的杯子後說：「還有一些，媽咪。」

尼布斯插嘴道：「他根本還沒開始喝牛奶呢。」

尼布斯這樣是在告狀，史萊特利抓住了機會，他立刻大聲說：「我要抗議尼布斯。」

不過，約翰已經先舉起手來。

「怎麼了？約翰？」

「彼得不在這兒，我可以坐他的椅子嗎？」

「坐父親的椅子，約翰！」溫蒂驚訝地叫道，「當然不行。」

約翰回答：「他又不是我們真正的父親，他甚至不知道怎麼做父親，還是我教他的呢。」他這樣是在發牢騷。

於是雙胞胎喊道：「我們要抗議約翰。」

托托舉起手。他是他們之中最恭敬順從的，事實上他是唯一溫馴的孩子，因此溫蒂對他特別溫柔。

托托羞怯地說：「我想我沒辦法當個父親。」

「是不行啊，托托。」

托托很難得說話，不過他一旦開了口，就會傻傻地說個不停。他語氣沉重地說：「既然我當不了父親，我想，麥可，你不會願意讓我當嬰兒吧？」

麥可大聲說：「不，我不要。」他已經鑽進自己的籃子裡。

托托語氣越來越沉重地說：「既然我當不成嬰兒，你們覺得我能當雙胞胎嗎？」

雙胞胎回答：「不，當然不行，當雙胞胎是非常困難的。」

托托說：「既然我當不了任何重要的人物，那你們有誰願意看我變把戲嗎？」

「不想。」他們全部的人都這麼回答。

「我真的一點希望也沒有了。」最後他只得打住。

這時討厭的告狀又出現了——

「史萊特利在桌上咳嗽。」

「雙胞胎吃起乳酪蛋糕……」

「捲毛吃了奶油又吃蜂蜜。」

「尼布斯嘴裡塞滿食物還說話。」

「我要抗議雙胞胎。」

「我要抗議捲毛。」

「我要抗議尼布斯。」

溫蒂嚷道：「噢，天啊！噢，天啊！我有時候真的覺得未婚老姑娘值得羨慕呢。」

吃完晚飯，溫蒂吩咐他們收拾餐桌，自己在針線籃旁邊坐了下來，滿滿一籃的長襪子，而且照例每個膝蓋處都有破洞。

麥可抱怨說：「溫蒂，我太大了，不能再睡搖籃了。」

溫蒂用近乎尖刻的語氣說：「一定得有人睡在搖籃裡，你是最小的孩子。搖籃是一間屋子裡最可愛、最像家的東西了。」

溫蒂縫補衣物的時候，他們就在她的周圍玩耍；浪漫的爐火照亮了這一張張快樂笑臉和舞動的四肢。在地下之家這已是十分熟悉的景象，但這將是我們最後一次看到了。

你可以確定上面有腳步聲。溫蒂是第一個注意到的。

「孩子們，我聽到你們父親的腳步聲了。他喜歡你們到門口去迎接他。」

地面上，印第安人蹲伏在彼得前面。

「勇士們，我說過了，好好看守。」

接著，興高采烈的孩子們就像以前常做的那樣，把彼得從他的樹洞拽下去。這是他們以前經常做的事，但是再也沒有機會了。

彼得告訴溫蒂準確的時間，並帶了堅果給男孩。

溫蒂傻呵呵地笑著說：「彼得，你要知道，你會把他們寵壞了。」

「啊，老太婆。」彼得邊說邊把槍掛起來。

麥可悄聲對捲毛說：「是我告訴他，母親都叫老太婆的。」

捲毛馬上說：「我要抗議麥可。」

雙胞胎的其中一個走向彼得，「爸爸，我們想要跳舞。」

彼得說：「那就跳吧，小傢伙。」他的心情非常好。

「可是我們要你也一起跳。」

彼得其實是他們之中最會跳舞的，不過他假裝吃了一驚，「我、我的老骨頭會嘎啦嘎啦響呢。」

「還有媽咪也要一起跳。」

溫蒂大叫：「什麼？我都是這麼一大群淘氣鬼的媽媽了，還要跳舞！」

史萊特利討好地說：「可是今天是禮拜六晚上啊。」

事實上，今天不是禮拜六晚上，至少有可能不是，因為他們早就不知道確切的日子了；不過每當他們想做些特別的活動時，總會說是禮拜六晚上，這樣大家就會做了。

溫蒂態度逐漸軟化，「當然，今天可是禮拜六晚上啊，彼得。」

「我們兩人都當了爸媽啊，溫蒂。」

「不過只是跟我們自己的孩子一起跳嘛。」

「這倒是真的。」

於是他們告訴孩子，大家可以跳舞，不過他們必須先換上睡衣。

彼得在爐火旁取暖，低頭看著正在縫補襪子腳後跟處的溫蒂，他悄悄地對她說：「啊，老太婆，辛苦一天以後，妳和我坐在爐火邊休息，小傢伙們圍在身邊，再也沒有比這更愉快的夜晚了。」

溫蒂心滿意足地說：「真是幸福啊，你說是不是？彼得，我覺得捲毛遺傳了你的鼻子。」

「麥可長得像妳。」

溫蒂走到彼得身旁，把手搭在他的肩膀上。「親愛的彼得，生了這麼一大家子，當然，我已經不再青春，但是你不會想要拋棄我再換一個吧，會嗎？」

「絕對不會的，溫蒂。」彼得當然不想要換一個老婆，但是他不安地凝視著溫蒂，眼睛一直眨。你知道的，就好像不確定他自己究竟是清醒還是睡著。

「彼得，怎麼了？」

彼得有點恐慌地說：「我只是在想，我是他們的父親，這只是假裝的，對不對？」

溫蒂一本正經地說：「對啊。」

彼得帶著歉意說：「妳瞧，如果我是他們真正的父親，我就會顯得很老了。」

「可是他們是我們的孩子啊，彼得，你和我的。」

彼得焦急地問：「但不是真的吧？溫蒂。」

「你如果不想要的話就不是。」溫蒂回答之後清楚地聽見他鬆了一口氣。她儘量用冷靜的口氣說：「彼得，你對我究竟是什麼樣的感情呢？」

「就是孝順兒子對母親的感情，溫蒂。」

「我想也是。」溫蒂走到房間最遠的角落，獨自坐在那兒。

「妳好奇怪。」彼得真的摸不著頭緒。「虎蓮也一樣。她想要當我的什麼人，可是她又說不是當我的母親。」

溫蒂格外加重語氣回答：「不，的確不是。」現在我們明白了她為什麼對印第安人有偏見。

「那到底是什麼呢？」

「這不是一位淑女該說的話。」

彼得有點惱火了，「哦，那好，或許叮噹鈴會告訴我。」

溫蒂輕蔑地回嘴，「噢，對，叮噹鈴會告訴你，反正她是個放蕩的小人。」

這時，待在自己房間裡偷聽的叮噹，尖聲地說了些無禮的話。

彼得替她翻譯，「她說她以放蕩自豪。」

彼得忽然有個主意，「或許叮噹想當我的母親呢？」

叮噹鈴怒氣沖沖地大叫：「你這個笨蛋！」

她經常說這句話，因此不需要翻譯，溫蒂也聽懂了。

溫蒂氣呼呼地說：「我幾乎要同意她的看法了。」

想想看，溫蒂居然氣沖沖地說話耶。但是她已經受夠了，而且她不知道在夜幕將盡之前會發生大事；要是她曉得的話，就不會發脾氣了。

他們沒人知道。

或許不知道最好。他們的無知讓他們再享受一個小時的歡樂；既然這是他們在島上的最後一個小時，我們就慶幸還有快樂的六十分鐘吧。

他們穿著睡衣，唱歌跳舞。那是一首有趣又恐怖的歌，在歌中他們假裝被自己的影子嚇到，一點也不知道陰影已經逐漸逼近，他們會真正害怕地縮成一團。他們跳得如此的快活、熱鬧，在床上床下追逐打鬧，到最後演變成枕頭大戰而不是跳舞了；結束一場枕頭戰之後，還堅持再戰一回合，就好像知道永遠不會再見面的夥伴。

在溫蒂講睡前故事之前，他們早已說了無數個故事。

那天晚上史萊特利也想講個故事，但是開頭實在太枯燥乏味，連他自己也感到無趣，於是他適時地說：「對啊，這開頭好無聊喔，我們就假裝這是故事的結尾吧。」

最後他們全都上床，聽溫蒂講故事。

這故事是他們最愛聽的，卻是彼得最討厭的；通常她一開始講這個故事的時候，他就會離開房間，或是用兩手摀住耳朵；如果這回他也這麼做了，他們或許還在島上，但是今晚他留在自己的凳子上。

我們就來看看到底發生了什麼事吧……

11 溫蒂的故事

「好吧，聽我說喔。」溫蒂開始專心地講故事，麥可在她腳邊，七個男孩躺在床上。「從前、從前有位紳士——」

捲毛說：「我倒寧願他是位女士。」

尼布斯說：「我希望他是隻白老鼠。」

母親告誡他們：「安靜，還有位女士，而且——」

雙胞胎喊道：「噢，媽咪，妳的意思是說還有一位女士活著，是不是？她沒死，對吧？」

「對啊，她沒死。」

托托說：「我真高興她沒死。約翰，你高興嗎？」

「我當然高興。」

「尼布斯，你高興嗎？」

「當然囉。」

「雙胞胎，你們高興嗎？」

「我們很高興啊。」

溫蒂嘆了一口氣：「噢，天啊。」

彼得大聲喊道：「那邊不要吵鬧。」他認為不管在他眼裡這故事多麼糟糕，也應該讓她順順利利地講完。

溫蒂繼續說：「那位紳士名叫達林先生，那位女士就叫達林太太。」

約翰說：「我認得他們。」他故意惹惱其他人。

麥可沒什麼把握地說：「我想我也認得他們。」

「他們結婚了，這你們知道吧。」溫蒂解釋說，「你們猜，他們後來有了什麼呢？」

尼布斯靈機一動大聲說：「白老鼠。」

「不是。」

托托說：「這太難猜了，」其實這故事他早就會背了。

「托托，安靜點。他們有三個後裔。」
「什麼是後裔？」
「嗯，你就是後裔啊。雙胞胎。」
「約翰，你聽到了嗎？我是後裔耶。」
約翰說：「後裔就是指小孩子。」
溫蒂嘆氣地說：「噢，天啊！噢，天啊！這三個孩子有個忠實的保姆，叫做娜娜；可是達林先生生她的氣，用鍊子把她拴在院子裡，所以三個孩子全都飛走了。」
尼布斯說：「這故事真是太棒了。」
溫蒂繼續說：「他們飛到了永無島，那些走失孩子所住的地方。」
捲毛興奮地插嘴：「我就想他們會飛到那裡去。我不知道是怎麼回事，不過我就是覺得他們會去那裡。」
托托喊道：「噢，溫蒂，走失的孩子裡是不是有個叫托托？」
「沒錯，是有一個叫托托。」
「我在故事裡了。萬歲，我在故事裡了！尼布斯。」
「噓。現在我要你們想一想，孩子們都飛走了，那些不幸的父母親的心情是怎樣呢？」

「唉！」他們全都發出哀嘆，雖然他們其實一點也不關心那些不幸父母親的心情。

「想想那些空空蕩蕩的床。」

「唉！」

雙胞胎哥哥興高采烈地說：「好悽慘啊。」

雙胞胎弟弟接著說：「我看這個故事不會有快樂的結局吧，尼布斯，你覺得呢？」

「我非常擔心。」

「你們要是知道母親的愛有多偉大，就不會害怕了。」溫蒂得意地告訴他們，現在她要說到彼得最討厭的段落了。

「我喜歡母親的愛。」托托說著拿枕頭砸了尼布斯一下。「尼布斯，你喜歡母親的愛嗎？」

尼布斯邊說邊反擊回去，「我當然喜歡啊。」

溫蒂洋洋得意地說：「我們的女主角知道，他們的母親會永遠敞開窗戶，等著孩子們飛回去；所以他們就離家好幾年，痛快地玩。」

「他們後來回去了嗎？」

溫蒂振作起精神，努力說出最精彩的段落：「現在，我們來偷看一下未來吧。」所有的孩子都轉動一下身子，這樣子更容易看到未來。

「過了許多年後，有一位看不出年紀氣質高雅的小姐在倫敦火車站下了車，她是誰呢？」

「噢，溫蒂，她是誰？」尼布斯叫了起來，就好像他不知道答案似地興奮。

「會不會是——是的——不是——正是——美麗的溫蒂。」

「啊！」

「陪在她身邊那兩位儀表堂堂舉止高貴的男士又是誰呢？會是約翰和麥可嗎？就是他們！」

「啊！」

「親愛的弟弟，你們看，溫蒂指著上面說，那扇窗戶還開著呢。啊，現在我們對母愛的堅定信念，終於要得到報償了。於是他們往上飛回爸爸媽媽的身邊。這幸福的一幕連筆墨都無法形容，我們就不多說了。」

故事到這裡結束，孩子們都和美麗的說故事人一樣高興。一切本來就應當如此，是吧。我們就像世上最狠心的東西一樣說走就走，孩子們就是這麼無情，卻如此的惹人憐愛。我們自私地享有自己的時間，等到我們需要特別關注的時候，就理直氣壯地回去索求，而且非常有自信地認為，我們不但不會受到懲罰，反而會得到獎賞。

事實上正是因為他們對母親的愛堅信不移，所以才覺得自己可以再硬起心腸久一點。

但是這兒有個人比他們懂得更多，當溫蒂講完故事的時候，彼得發出空洞的呻吟。

「怎麼了？彼得？」溫蒂喊著跑向彼得，以為他生病了。她焦急地摸摸他，一直摸到胸口以下。「彼得，你哪裡痛？」

彼得悶悶不樂地回答：「不是那種痛。」

「那是哪種痛啊？」

「溫蒂，妳對母親的看法錯了。」

他們全都嚇了一跳，圍攏在彼得身旁。

彼得的情緒激動得讓他們驚慌起來，於是他非常坦率地說出他一直隱瞞的事。

「很久很久以前，我也像你們一樣，認為我媽媽會永遠為我敞開著窗戶，所以我在外面遊蕩了好幾個月，又好幾個月，最後才飛回去；可是窗戶閂住了，因為媽媽早已完全忘記我了，有另一個小男孩睡在我的床上。」

我不確定這是不是真的。但彼得認為這是真的，這把他們全嚇壞了。

「你確定母親都是那樣子嗎？」

「確定。」

所以母親的真相原來是這樣子，真是可惡！

不過最好還是小心一點；沒人像小孩子那麼快知道自己什麼時候該屈服。

約翰和麥可一起喊道：「溫蒂，我們回家吧。」

「好。」溫蒂說著緊摟住他們。

走失的男孩困惑地問：「不是今晚就要走吧？」在他們內心深處很清楚一個人沒有母親也能過得很好，只有母親才以為孩子沒有母親就過不下去。

「馬上。」溫蒂毅然決然地回答，因為她的腦海忽然浮現了一個可怕的想法，「或許媽媽現在已經脫下哀悼的黑衣，換上半喪服[3]了呢。」

這份恐懼讓溫蒂忽略了彼得的心情，她語氣相當尖銳地對他說：「彼得，你能做些必要的安排嗎？」

「如果妳想要的話。」彼得態度冷淡得彷彿她是請他幫忙傳遞堅果似的。

他們之間甚至沒有說句惜別的話，要是溫蒂不在意分離，那麼彼得也要表現得也不在乎。

可是彼得當然非常在乎；他對成年人有滿腹的怨氣，他們就像往常一樣毀了一切，因此他一鑽進自己的樹洞裡，便立刻故意短促地呼吸，差不多一秒鐘呼吸五次。他這麼做是因為在永無島有一個說法——你每呼吸一次，就有個成年人會死去。彼得懷恨在心地想儘快殺光他們。

彼得對印第安人下了必要的指示之後，回到地下之家。在彼得離開的期間那兒竟然上演了卑鄙的一幕。走失男孩們想到即將失去溫蒂，驚慌得不知所措，竟然威脅地逼迫她，他們吵嚷著——

「這樣子比她來之前還要更糟。」

「我們不能放她走。」

「我們把她拘禁起來吧。」

「對，用鍊子把她綁起來。」

在絕境之中，溫蒂的直覺告訴自己該向誰求助，她喊道：「托托，我求求你。」

3 維多利亞時代喪期分三階段：第一、二階段穿黑衣。到第三階段就是所謂的半喪期，則穿黑白或淡紫色的半喪服。

這不是很奇怪嗎？她竟然求助於那個最笨的男孩托托。

但是，托托回應得漂亮極了。

那一刻托托拋下了自己的愚笨，帶著尊嚴回答：「我只不過是托托，沒人在意我。但要是誰敢對待溫蒂的舉止不像一個英國紳士，我就會狠狠地讓他血濺當場。」

托托拔出他的短劍，那一瞬間他的氣勢如日中天。其他人不安地往後退縮。這時彼得回來了，男孩們立刻看出他絕不會支援他們。彼得不會違背任何一個女孩的意願，將她強留在永無島。

「溫蒂，我已經請印第安人帶你們走出樹林，因為飛行會讓你們很疲倦。」彼得邊說邊大踏步地踱來踱去。

「謝謝你，彼得。」

彼得繼續用短促刺耳的聲音，像下命令地說：「然後叮噹鈴會帶你們飛越大海。尼布斯，去叫醒她。」

雖然叮噹已經坐在床上偷聽了好一會兒，但尼布斯敲了兩次簾子才聽到她的應答。

叮噹大聲說：「你是誰啊？好大的膽子？給我滾開！」

尼布斯喊道：「妳該起床了。叮噹，妳帶溫蒂回家去。」

叮噹當然很高興聽到溫蒂要走了，但她下定決心絕不當她的嚮導。她用更無禮的言語表達了她的想法，說完又再度裝睡。

「她說她絕對不要！」尼布斯大聲叫嚷，為她的抗命感到驚駭。

於是彼得一臉嚴肅地走向這位少女的閨房，他高聲喊道：「叮噹，妳要是不馬上起床穿衣服，我就要拉開簾子，到時候我們全部的人都會看見妳穿睡衣的模樣。」

聽到這句話，叮噹立刻跳到地板上，喊道：「誰說我還沒起床？」

在這段期間，男孩們可憐兮兮地望著溫蒂。她和約翰、麥可已經準備好要出發了。到這時，男孩們的心情頹喪，不僅是因為他們即將要失去溫蒂，而且也因為她將要前往一個美好的地方，他們卻沒受到邀請。

新奇的事物一如往常地對他們充滿了吸引力。

溫蒂以為他們懷有更崇高的情感，因此心軟了。

「親愛的孩子們，如果你們全都跟我一起來，我肯定能說服我爸媽領養你們。」

這個邀請，溫蒂的本意是特別說給彼得聽的，不過每個男孩都只想到自己，馬上高興得跳了起來。

尼布斯跳到半空中發問：「可是他們不會覺得我們人太多了嗎？」

「噢，不會。」溫蒂迅速地想了一下說，「只不過需要在客廳多幾張床而已，剛開始的幾個星期四，床可以藏在屏風後面。」

他們全都懇求地喊道：「彼得，我們可以去嗎？」男孩們理所當然地認為，如果他們去，他也會一起去。不過其實他們並不怎麼在乎彼得去或不去。孩子總是如此，隨時準備好，一有新奇的事物敲門，就拋棄他們最親愛的人。

「可以啊。」彼得苦澀地笑著回答，男孩們立刻衝去收拾東西。

溫蒂以為自己已經解決了一切，她說：「那麼現在，彼得，在大家走之前我要給你們吃藥。」她喜歡給大家吃藥，而且必定給過量。當然那只是從瓶子倒出來的清水，她總是搖一搖瓶子，數算一下有幾滴藥水，這樣水就有了療效。然而，這回，她並沒有把藥給彼得，因為就在她準備藥水的時候，她瞥見了他臉上的表情，心不由得往下沉。

溫蒂顫抖著喊道：「去收拾你的東西吧，彼得。」

「不了。」彼得回答，裝出不感興趣的樣子。「溫蒂，我不跟你們去。」

「去嘛，彼得。」

「不。」

彼得為了表現出自己對她的離去無動於衷，他在房間裡輕快地跳來跳去，還無情地拿出笛子快樂地吹奏起來。她不得不追在他後面跑，雖然這樣子實在有失體面。

「去找你母親吧。」溫蒂勸誘彼得。

就算彼得確實曾經有母親，現在他也不再想念她了。他沒有母親也過得非常好。他想了又想，只記得母親的缺點。

「不，不。」彼得果斷地告訴溫蒂，「也許她會說我已經長大了，可是我只想要永遠當個小男孩，開心地玩下去。」

「可是，彼得——」

「絕不。」

於是溫蒂不得不向其他人宣布這個消息。

「彼得不去。」

彼得不去！男孩們茫然若失地注視著他，每個人的背上都扛了一根棍子，棍子上綁著包袱。他們的第一個念頭是，如果彼得不走，他很可能會改變心意，不讓他們去。

不過彼得太驕傲了，說不出那種話。他陰鬱地說：「要是你們找到了自己的母親，我希望你們會喜歡她們。」

這句嚇人的冷嘲熱諷引起孩子們的不安，大多數人都開始露出懷疑的表情。他們的表情在說：想去的人是不是笨蛋呢？

彼得大聲說：「好了，別小題大作，別哭哭啼啼。再見了，溫蒂。」

彼得爽快地伸出手來，彷彿他們現在真的非走不可，因為他有重要的事情要做。

溫蒂不得不握了握他的手，因為彼得沒有表示他比較想要「頂針」。

「彼得，你會記得換法蘭絨衣服吧？」溫蒂絮絮叨叨地對他說，她總是特別講究他們的法蘭絨衣服。

「會。」

「那你會乖乖吃藥嗎？」

「會。」

似乎該說的都說了，尷尬的沉默隨之而來。不過，彼得不是那種會在別人面前放聲痛哭的人。他高聲喊：「叮噹鈴，妳準備好了沒？」

「嗯，好了。」

「那就帶路吧。」

叮噹從最近的樹洞往上衝，但是沒人跟著她，因為就在這時，海盜正猛烈地突襲印第安人。

地面上原本寂靜無聲，此刻尖叫聲和刀劍鏗鏘聲劃破了空氣。地底下，一片死寂。孩子們嚇得張開嘴巴，呆愣在那兒。溫蒂跪了下來，兩隻手臂伸向彼得。所有人的手臂都伸向他，彷彿突然往他那方向吹似的；他們無聲地哀求他不要捨棄他們。至於彼得呢，他一把抓起了劍，他以為自己就是用這把劍殺死巴比克，他的眼中浮現對戰鬥的渴望。

12 孩子被抓走了

海盜的進攻完全出人意料之外，證明了無恥虎克的指揮不遵守道義，因為要不公平地突襲印第安人憑白人的智慧是辦不到的。

根據所有與野蠻人交戰的不成文法，發動攻擊的向來是印第安人，他們非常狡猾，總是在白人士氣最為低落的拂曉前進行突襲。在此期間，白人在遠處起伏不平的山丘頂點築起簡陋的柵欄，底下有條小溪流動，因為離水源太遠，將會導致毀滅。他們在那兒等待印第安人來襲，沒經驗的菜鳥緊緊抓住左輪槍，踩踏著小樹枝走來走去，老手卻鎮靜地睡到黎明之前。

在漫長的黑夜中，野蠻人的偵察兵在草叢中如蛇一般地蜿蜒前進，完全沒撥動到一片草葉，草叢在他們經過後又攏起，安靜得就像鼴鼠潛入沙地後歸攏的沙一樣。四周聽不到半點聲響，只除了當他們維妙維肖地模仿土狼發出寂寞的嗥叫聲時；其他勇士也回應他們的狼嗥；有些人甚至模仿得比不擅長嗥叫的土狼還要好。寒夜就這樣緩緩地流逝，長時間的提心吊膽對第一次經歷這樣狀況的白人來說是恐怖的煎熬，但是對訓練有素的老手來說，那些恐怖的嗥叫聲以及令人毛骨悚然的沉默，只不過是在暗示夜晚將如何行進而已。

這是虎克非常熟悉的慣常行動，因此他如果不顧慮這規矩，實在不能以不知道為藉口來替自己辯解。

至於皮卡尼尼族，他們毫不懷疑地堅信虎克會遵守道義，他們整個夜晚的行動與他採取的策略形成了明顯對比。皮卡尼尼族所做的一切都符合了部落遠播的聲名，他們格外敏銳的感官讓文明民族感到驚異，並自覺望塵莫及。從海盜踩到枯枝的那一刻起，他們就知道海盜來到島上，並且在令人難以置信的短時間內就開始響起狼嗥。印第安勇士穿著腳跟朝前的鹿皮鞋，暗中將虎克隊伍登陸地點到樹底地下之家，這一路上的每一吋土地都徹底勘查過一遍，發現只有一座小丘的山腳下有溪流。因此虎克別無選擇，他必須在這兒駐紮，等候破曉。印第安人以近乎惡魔似的狡詐安排妥當之後，這群充滿男子氣概的精英裹起毛毯，沉著地蹲伏在孩子的家上方，等候手刃白人的寒冷時刻到來。

當這群自信的野蠻人夢想著天亮將如何嚴刑拷打虎克的時候，奸巧詭詐的虎克發現了他們。根據由逃出這場大屠殺的偵察兵事後的補充敘述，虎克似乎根本沒有停留在山丘，儘管在灰暗的光線中，他肯定看到了山丘；但自始至終他狡猾的腦袋壓根兒就沒想過要等候印第安人攻擊，他甚至不願拖延到黑夜過去；他的策略就是立刻開戰。這些困惑的偵察兵還能怎麼辦呢？他們雖然精通各種戰爭的伎倆，卻沒料到這一招，只能無可奈何地尾隨在他後面，同時發出一聲聲可悲的狼嗥，致命地暴露出自己的位置。

對他們而言，幸福獵場就在眼前。

勇敢的虎蓮公主身邊圍繞著十二位最驍勇的戰士，他們忽然看見背信棄義的海盜向他們襲來，想像中的勝利畫面頓時從眼前消失，再也別想把虎克綁在火刑柱上拷問了。他們心裡明白，要是起身得夠迅速，應該有時間聚集成敵人難以攻破的方陣；但是他們表現得不愧是印第安人的子孫，即使在那樣危急時刻，也謹守著部落的規定——高貴的野蠻人在白人面前絕對不可表現出驚慌。因此雖然他們肯定被出其不意出現的海盜嚇到了，仍保持靜止不動了好一會兒，連絲肌肉都沒動；彷彿敵人是應邀前來似的。在英勇地遵守了傳統之後，他們才抓起武器，聲聲的戰吼撕裂了空氣，不過已經太遲了。

這根本不是戰鬥，而是一場大屠殺。不過輪不到我們來描寫。皮卡尼尼族許多精英就這樣消逝。但他們仍有反擊，不是白白送了性命，因為隨著瘦狼死去，艾爾夫・梅森也跟著倒下，再也無法滋擾西班牙大陸，其餘喪命的還有喬治・史庫利、查爾斯・特里，以及亞爾薩斯人弗格帝。特里死在可怕小黑豹的戰斧下，最後小黑豹帶著虎蓮公主和少數剩餘的族人，在海盜中殺出一條血路逃了出去。

要指責虎克在這場戰役中所運用的戰術到什麼程度，就留待歷史學家來評定吧。倘若他在山丘上守候，直到適當的時機來臨，那他和他的手下很可能會遭到屠殺；要論斷他，必須將這點考慮進去才公平。或許他應該做的是告知他的對手，他提議採取新的作戰方式。但是如此一來就失去了出其不意的效果，他的策略就會徒勞無功，因此這個問題是左右為難。然而儘管不情願，但起碼我們不得不佩服他的智慧能構想出如此大膽計畫，並讚賞他執行計畫的才能。

在勝利的那一刻，虎克對自己的看法又是什麼呢，他的手下應該會很樂意知道。他們粗重地喘著氣，一面擦拭短劍，小心謹慎地聚集在遠離他鐵鉤的地方，並用眼睛斜視探索著這個不同凡響的男人。虎克心裡肯定是得意洋洋，但並沒有表露任何神情在臉上。虎克是個謎，無論在精神上或是實際上都遠離他的屬下，永遠是像謎一樣的神秘而孤獨。

今晚的任務尚未結束，因為虎克前來並不是為了消滅印第安人，他們只不過是被煙薰走的蜜蜂，以便他能得到蜂蜜。他想要的是彼得潘、溫蒂和那些孩子們，不過最主要的是彼得潘。

虎克為什麼這麼痛恨彼得實在讓人很不理解，他只是個小男孩啊；的確，他曾經把虎克的手臂扔給鱷魚，並且由於鱷魚窮追不捨，使得虎克的生活日益不安，但就算是這樣，也難以解釋他的報復心為何這麼重，如此無情且惡毒。真相是，彼得身上有個特質惹得這位海盜船長氣到抓狂，那並不是彼得的勇敢，也不是他迷人的外表，更不是——。我們沒必要在這兒拐彎抹角，因為大家都很清楚那是什麼，不得不說出來。

那就是彼得的驕傲自大。

這點惹得虎克煩躁不安，氣得他的鐵爪陣陣抽動，在夜裡像隻蟲子不斷地騷擾他。只要彼得活著，這個飽受折磨的男人就覺得自己像籠中獅子，而籠子中卻飛進了一隻麻雀。

現在問題是要怎樣鑽進去樹洞呢，或者說要怎麼讓他的手下進去呢？虎克用貪婪的眼睛一一掃視他們，想找尋最瘦小的一個；他們不安地扭動身子，因為每個人都很清楚虎克會毫不猶豫地用棍子把他們硬塞下去。

在這段期間，男孩們怎麼樣呢？在一開始武器碰撞的鏗鏘聲傳來時，他們張大著嘴，一個個伸出雙臂向彼得哀求，簡直像是化為石像。現在我們轉回來看他們——他們的嘴巴闔上了，手臂也垂了下來。地面上的嘈雜聲驟然平息了，幾乎和響起時同樣的突然，像一股疾勁陣風吹過似的；可是他們知道狂風過後，也已決定了他們的命運。

到底哪一邊贏了呢？

海盜在樹洞口熱切地豎起耳朵仔細聽，聽到每個男孩提出的問題；唉，當然也聽見了彼得的回答——

「要是印第安人贏了，他們會敲鼓；那向來是他們勝利的信號。」彼得說。

史密早已找到了印第安人的鼓，這時他正坐在鼓上，喃喃自語地說，「你們永遠不會再聽到鼓聲。」不過當然聲音低得沒人能聽見，因為虎克命令他們絕對不許出聲。然而令史密驚訝的是，虎克比手勢要他擊鼓，史密慢慢地才領悟到這個命令可怕的邪惡之處。頭腦簡單的史密大概從來沒有這麼欽佩過虎克。

史密敲了兩下鼓，然後幸災樂禍地停下來側耳傾聽。這群惡棍聽見彼得大喊——

「是鼓聲，印第安人得勝了！」

命已注定的孩子們歡呼了起來，地面上那些黑心海盜聽在耳裡宛如天籟音樂。歡呼過後，孩子們幾乎是立刻就向彼得再次道別。海盜們聽了一頭霧水，但因為敵人就要從樹洞爬上來了，他們被卑劣的欣喜給吞沒，得意地相視而笑，摩拳擦掌。虎克迅速且悄聲地下了命令：一名海盜守一棵樹，其餘的人排成一行，每隔兩碼站一個人。

13 你相信有仙子嗎？

這段恐怖的故事越快講完越好。

最先從樹洞鑽出的人是捲毛，他一爬上去就落入伽可的手裡；伽可把他扔給史密，史密再將他丟給史塔奇，史塔奇將他拋向比爾・朱克斯，比爾・朱克斯又把他丟到努德勒手中，就這樣，他被海盜扔來扔去，從一個人手上拋給另一個人，直到他落在邪惡海盜的腳邊。所有的男孩都從樹洞被無情地拽了出來，有好幾個人同時被拋在空中，好像在傳遞一包又一包的貨物似地。

最後一個上來的是溫蒂，她受到不同的待遇；虎克諷刺地表現出彬彬有禮的態度，脫下帽子向她致敬，並向她伸出胳臂，要護送她到被俘擄男孩們所在之處，這時海盜正在塞住男孩們的嘴巴。虎克矯揉造作的舉止莊嚴尊貴，令溫蒂著迷地忘了大聲呼喊。畢竟她只是個小女孩。

或許揭露虎克迷住了溫蒂那一瞬間是在搬弄是非，但我們洩漏她的祕密只是因為她的失神導致了意想不到的結果。若是她傲慢地拒絕挽住他的手（我們會很樂意這樣子寫她），她就會像其他人一樣在空中被拋來拋去，那麼虎克大概就不會出現在綑綁孩子的地方；要是他沒在那兒，他就不會發現史萊特利的祕密，如果不知道那個祕密，他待會就沒辦法陰險地企圖奪取彼得的性命。

海盜為了防止孩子們飛走，命令他們將身子彎曲到膝蓋貼近耳朵，然後將繩索砍成等長的九節把他們綑綁起來；一切都進行得非常順利，最後輪到史萊特利，卻發現他就像那些惱人的包裹一樣，單是捆起來就用光了所有的繩子，沒剩餘一小段可以拿來打結，海盜氣得猛踢他。就像你踢包裹一樣（雖然憑良心說你該踢的是繩子）；說來奇怪，竟然是虎克命令他們停止暴行。他的嘴唇噘起，露出惡毒的勝利喜悅。

虎克在一旁觀看手下拚命想綑綁好這個不幸的小夥子，每次想緊緊地捆住他身體的某一部位，另一部位就凸出來，搞得他們滿身大汗。虎克精明的腦袋看穿了史萊特利的表面，努力探究其原因，而不是結果；他那志得意滿的模樣證明他已經找到答案了。史萊特利的臉色發白，因為他曉得虎克已經發現他的祕密，那就是沒有一個男孩吃得這麼飽滿，還能夠鑽進一般人需要用棍子捅才能塞下去的樹洞。可憐的史萊特利現在是所有孩子中最不幸的，因為他替彼得感到驚慌，深深地後悔自己所做的事。他一熱起來就瘋狂地拚命喝水，因此腰圍鼓脹到目前的大尺寸，但是他沒有設法縮減腰圍好配合樹洞，反而瞞著其他人把樹洞削大來配合他的身材。

虎克所猜想的已足以說服他自己，彼得的一條小命終於要由他擺佈了，他在腦海中構思了歹毒的計畫，卻一個字也沒說出口；他打個手勢命令手下將俘虜押送到船上，他要獨自一個人留在這裡。

要怎麼押送男孩們上船呢？他們被繩子捆成一團，或許可以像滾桶子一樣把他們滾下山坡，但是這段路會經過許多沼澤；於是虎克指示手下利用溫蒂的小屋當成搬運工具，把孩子全丟進小屋，由四名健壯的海盜扛在肩上，其餘人跟在後頭；這個奇特的隊伍齊聲唱著可恨的海盜歌出發了，走進樹林。

虎克的聰明才智又一次克服了難題。我不知道是否有孩子在哭泣，就算有，歌聲也淹沒了哭聲。不過當小屋消失在樹林裡之後，一縷微細的煙從煙囪飄出，像是在勇敢地對抗虎克。

虎克看見了。這縷煙幫了彼得一個倒忙，海盜狂怒的心中原本可能還殘餘一丁點的惻隱之心，此刻已隨著那縷煙消散得一乾二淨。

夜幕迅速地降臨，虎克發現只剩自己一個人後，第一件事就是躡手躡腳地走到史萊特利的樹洞旁，視察自己是否可以從那個通道下去；之後他沉思了好半晌，他把那頂不祥徵兆的帽子放在草地上，微風清爽地拂過他的頭髮。雖然他腦中轉著邪惡的念頭，他的一雙藍眼睛卻溫柔得像長春花。他專心地聽著地下世界傳出來的所有聲響，但是地下和地上一樣寂靜無聲；地下之家似乎只是另一間荒廢的空屋一般。男孩究竟是睡著了，還是手拿著匕首站在史萊特利的樹洞底部等待呢？

除非爬下去，否則沒有辦法知道。

虎克把斗篷輕輕地脫到地上，緊咬住嘴唇，直到滲出了一點污血，他踏進樹洞。他是個勇敢的人，這一刻也不得不停下腳步，擦拭一下額頭上像蠟燭般一直滴下的汗珠。過一會兒，他悄無聲息地鑽進了未知的地下世界。

虎克順利地抵達樹幹底部，再次動也不動地站在那兒，調整一下幾乎快喘不過氣來的呼吸；等雙眼適應了昏暗的光線後，他才漸漸看清楚樹底屋內各種各樣的物品；不過他貪婪的視線只專注在一樣東西，他找了許久才終於找到，就是那張大床——彼得正躺在大床上熟睡著。

彼得絲毫沒察覺地面上發生的悲劇，在孩子們離開後，他繼續玩了一會兒，開心地吹著笛子；毫無疑問地他其實很孤單，只是想向自己證明他一點也不在乎。因此他決定不要吃藥，為的是讓溫蒂難過。之後他躺到床上，為了惹她更加生氣，故意不蓋被子；她總是幫他們蓋好被子，因為你永遠不知道深夜會不會變冷。想到這裡，他差點哭了出來；不過他突然想到要是他不哭，反而哈哈大笑，她會多麼的氣憤；於是他高傲地大笑起來，笑著、笑著就睡著了。

雖然彼得不是經常作夢，但有時候作起夢來，比其他男孩的夢還要痛苦。他在夢中可憐兮兮地嚎啕大哭，但一連好幾個鐘頭他都無法脫離夢境。我想那些夢一定和他謎一般的存在有關係。通常碰到這種情況，溫蒂總會把他從床上抱起來，讓他坐在自己的膝上，用她發明的方法誠摯地安撫他，等他慢慢平靜下來；然後趁他完全清醒之前把他放回床上，這樣一來他就不會知道她做過有損他尊嚴的事。然而這一次他立即睡著了，完全沒有作夢。他的一隻手臂垂在床沿外，一條腿拱了起來，嘴角還殘留著一抹微笑，張開的嘴巴露出珍珠般的小牙齒。

虎克找到彼得的時候，他就是如此地毫無防備。虎克一聲不響地站在樹幹底部，看著房間另一頭的敵人。虎克陰暗的內心難道沒有激起絲毫憐憫之情嗎？這男人不是徹頭徹尾的邪惡，他喜愛花卉（我聽說過）和動聽的音樂（他本身就彈了一手不錯的大鍵琴）；我們得坦白地承認，眼前宛如田園般詩的景象深深地打動了他。要是由他良善的一面主宰，他應該會心不甘情不願地從樹洞爬回地面，然而有樣東西留住了他的腳步。

留下虎克的是彼得睡覺時狂妄的模樣——嘴巴張開、手臂下垂，膝蓋拱起；看在虎克敏感的眼中，這所有的舉動合起來就是驕傲自大的化身，真是再討厭不過了；虎克的心腸因此硬了起來。倘若怒氣把他炸裂成千百個碎片，每一片都將會不顧一切地撲向熟睡的彼得。

有一盞昏暗的燈照著大床，站在黑暗中的虎克偷偷摸摸地想往前跨出步伐時，卻打不開門，他剛才是從門的上方往裡看，現在才發現門閂鎖住了；他摸找著門閂，卻生氣地發現門閂的位置很低，他搆不到。這時在虎克混亂的腦子裡，彼得的表情和姿態似乎明顯地更加惹人厭了，他使勁地搖晃著門，甚至用身體去撞門。

虎克的敵人究竟能不能逃出他的毒手呢？

不過那是什麼？虎克發紅的眼睛瞥見了彼得的藥，就擺在他觸手可及的壁架上。他馬上就明白那是什麼東西，而且睡著的彼得是逃不出他的手掌心。

虎克總是擔心自己會被活捉，所以隨身帶著他自己調製而成的可怕毒藥。這些他所能找到的各種致命毒草所熬煮成的黃色液體，大概是世上現存毒性最強的毒藥，連科學家都沒見識過。

現在虎克滴了五滴毒藥到彼得的杯子裡，他的手在顫抖，不過是因為狂喜，而非羞愧。他在滴藥的時候，視線避開熟睡中的彼得，但不是怕心軟會下不了手，只是為了避免毒藥潑灑出來。隨後他幸災樂禍地看了受害者彼得好一會兒，才轉身艱難地慢慢爬上地面。當虎克從樹的頂端鑽出，回到地面時，看起來就是像從洞裡竄出的惡靈。他以最瀟灑的角度戴上帽子，再把斗篷裹在身上，抓住一個衣角遮在前面，彷彿想要隱藏自己，不讓黑夜瞧見；但其實他才是黑夜中最黑暗的東西。他奇怪地喃喃自語著，悄悄地穿過樹林溜走。

彼得仍在沉睡，燭光搖曳不定，最後熄滅了。屋裡陷入一片漆黑，但彼得還在睡夢中。鱷魚肚子裡的鐘肯定過了十點的時候，他突然從床上坐了起來，像是被什麼驚醒似的；彼得聽到門外傳來小心翼翼的微弱敲門聲，儘管輕微謹慎，但在寂靜中仍像是不祥的凶兆。

彼得摸索匕首並握在手裡，然後開口說話：「誰？」

有好長一段時間沒有回應。接著又是敲門聲。

「你是誰？」

門外還是沒人回答。

彼得不禁毛骨悚然，可是他喜歡驚悚的感覺；他跨兩大步走到門邊，和史萊特利的門不一樣，他的門和樹洞的大小一致，因此他看不到門後的人，敲門的人也看不見他。

彼得高聲說：「你不說話，我就不開門。」

最後來者終於說話了，聲音可愛得像鈴聲一樣。

「讓我進去，彼得。」

彼得聽出是叮噹的聲音，迅速為她打開門。

叮噹激動地飛了進來，臉蛋漲紅，衣服上沾滿泥巴。

「怎麼回事？」

「噢，你絕對猜不到！」叮噹大聲嚷著，並給他三次猜測的機會。

彼得大吼：「趕快說出來！」

於是叮噹鈴用一個不合文法的長句子，就像魔術師從嘴巴抽出的緞帶一樣長，說出了溫蒂和男孩們被抓走的經過。

彼得聽著、聽著，心臟怦怦地猛跳——溫蒂被綁了，而且被押到海盜船上；善良慈愛的她竟落到這種下場。

「我要去救她！」彼得大叫著跳了起來，去拿他的武器。他跳起來的時候想到可以先做件事讓溫蒂高興，那就是他可以先吃藥。

彼得伸出手要去拿致命的藥水。

「不！」叮噹鈴尖叫。虎克快步離開林子的時候，她聽見了他喃喃自語地說著他所做的事。

「為什麼不要？」

「藥裡有毒。」

「有毒？誰能下毒呢？」

「虎克。」

「別傻了。虎克怎麼能下來這裡呢？」

哎呀，叮噹鈴沒法解釋，因為就連她也不知道史萊特利的樹洞裡暗藏的祕密，雖然如此，虎克的話卻是不容置疑，杯子的確有毒。

彼得非常有自信說：「而且，我根本沒睡著。」

彼得舉起杯子。現在說話已經來不及了，必須採取行動才行，因此叮噹快如閃電地飛到彼得的嘴唇和藥水中間，一口氣把藥喝得精光。

「啊，叮噹，妳竟敢喝我的藥？」

可是叮噹沒有回答。

彼得看見叮噹在空中搖搖晃晃了，喊道：「妳怎麼了？」

彼得突然害怕起來。

叮噹輕聲告訴他：「藥裡有毒，彼得。現在我快要死了。」

「噢，叮噹，妳是為了救我才喝的嗎？」

「是的。」

「可是為什麼呢？叮噹。」

叮噹的翅膀幾乎支撐不了她了，她飛落到彼得的肩膀上，在他的鼻子上深情款款地輕咬一口，在他耳邊低聲說：「你這個笨蛋。」說完，叮噹搖搖欲墜地飛回她的寢室，倒在床上。

彼得悲痛地跪在她身旁，他的頭幾乎塞滿了她那小房間的第四面牆。她身上的亮光越來越微弱，他知道當亮光滅了，她就不復存在了。叮噹很喜歡彼得的眼淚，因此伸出美麗的手指讓淚珠從上面滾過。

叮噹的聲音很小，起先彼得聽不清楚她在說什麼。後來他聽明白了。她說，她認為如果孩子相信仙子存在，她就可以康復。

彼得伸出雙臂，雖然這裡沒有孩子，而且現在是深夜，他對所有可能夢見永無島的孩子們——穿著睡衣的男孩、女孩，還有掛在樹上籃子裡光著身子的印第安嬰兒——說話，這些孩子其實都離他很近。沒你想的那麼遠。

彼得喊道：「你們相信嗎？」

叮噹在床上近乎輕快地坐了起來，靜聽自己的命運。她彷彿聽見了肯定的答案，但是又不十分確定。

她問彼得：「你覺得怎麼樣呢？」

彼得對他們大喊：「你們要是相信的話，就拍拍手吧，別讓叮噹死了。」

許多孩子拍手了。

有些孩子沒拍。

少數幾個頑皮鬼發出噓聲。

鼓掌聲乍然停止，彷彿有不計其數的母親匆忙趕到育嬰室，查看到底發生了什麼事；不過叮噹已經得救了。她的聲音漸漸變得宏亮，隨後她跳下床，滿屋子飛來飛去，比以前更加快活放肆。她壓根兒沒想到要謝謝那些相信仙子的小孩，一心只想對付那些發出噓聲的孩子。

「現在去救溫蒂吧！」

彼得從樹洞爬上地面的時候，月亮正飄在雲朵密佈的天空中，他手拿武器，身上別無長物，準備動身去執行危險的任務。這並非他會挑選的夜晚。彼得希望能儘量別飛得離地太遠，這樣一來任何不尋常的事物都無法逃過他的眼睛；可是在忽隱忽現的月光下，低空飛行會將他的影子投射在樹林間而驚動了鳥兒，敵人就會對他的行動有所警覺。

這時彼得後悔自己替島上的鳥取了奇怪的名字，使得那些鳥兒非常容易受驚嚇且難以接近。

彼得沒別的辦法，只能學印第安人的法子匍匐向前爬，幸好他在這方面是個行家；可是他不知道要爬往哪個方向，因為他無法確定孩子們是不是被帶到船上去了。一場小雪掩蓋了所有的足跡，整座小島瀰漫著死亡一般的寂靜，彷彿大自然在一時間被剛才發生的屠殺嚇得呆呆地站著。彼得曾經從虎蓮和叮噹鈴那兒學得一些森林的知識，並且傳授給了孩子們；他確信在危急的時刻他們會記得，比方說，史萊特利會找機會在樹上刻記號，捲毛會沿路撒落種子，溫蒂則會在重要的地方扔下手帕；但尋找這些指引的記號需要等到天亮，彼得等不及了。

地面上的世界召喚了他，卻一點也不幫忙。

鱷魚走過彼得的身邊，除此以外沒有別的生物，沒有一點聲響，沒有絲毫動靜；不過他很清楚死亡也許會突然出現在下一棵樹，或者從背後偷偷潛近他。

彼得發下可怕的誓言：「這次我要跟虎克拼個你死我活。」

現在彼得像條蛇似地向前爬行，忽然他站直身子，飛奔過一片月光照耀的空地，一根手指按在嘴唇上，匕首準備就緒。彼得開心得不得了。

14 海盜船

一盞綠幽幽的燈斜照在靠近海盜河口的吉德溪上，表示那艘雙桅橫帆船快樂羅傑號就停泊在淺水處。這艘船的外觀輕巧，但船身處處骯髒污穢，每根橫樑看起來都宛如支離破碎的羽毛灑了一地那樣令人厭惡。這艘船是海上的食人怪獸，令人喪膽的惡名早已遠播，實在不需那盞警示燈，也能在海上橫行無阻。

夜幕籠罩著海盜船，岸邊聽不見船上的聲響。船上本來也沒有什麼聲響，除了史密用的那台縫紉機嘎嘎轉動的聲音，這個平凡可憐的史密總是勤勞不懈，樂於助人。我不知道他為什麼那樣可憐，或許正是因為他絲毫不覺得自己可憐吧；就連堅強的硬漢虎克都急忙別過頭去，不忍看他。在夏日的夜晚，史密不只一次觸動了虎克的淚腺，引他流淚。史密對此和其他所有事情一樣都渾然不自覺。

有幾個海盜倚靠著船舷牆，在黑夜的瘴氣中喝著酒；其他人則懶散地坐在木桶旁邊擲骰子、玩紙牌遊戲；那四個扛小屋的海盜早已筋疲力盡，趴在甲板上呼呼大睡了，即使在睡夢中，他們也巧妙地翻來滾去以避開虎克，免得他在經過時漫不經心地用鐵鉤抓他們一把。

虎克在甲板上漫步沉思。噢，這男人真是莫測高深。這是他勝利的時刻。彼得已經被除掉了，永遠不會再擋住他的路，其他的男孩都在海盜船上，等著走跳板。自從虎克制伏了巴比克以來，這可是他最駭人的事蹟了。我們都知道人是多麼地愛好虛榮，要是虎克現在因為勝利而志得意滿地在甲板上大搖大擺地踱步，我們就不會感到驚訝了。

可是虎克走路的姿態沒有絲毫興高采烈的樣子，相反地，他的步調和陰鬱的心情相呼應，他的心裡沮喪極了。

每當夜深人靜，虎克在船上和自己對話時經常如此，那是因為他非常孤獨。當他的手下圍在他身旁時，這個深不可測的男人就越發感到寂寞，因為他們的社會地位比他低下太多了。

虎克並非他的真實姓名。若是揭露了他的真實身分，即使在今日也會轟動全國；不過那些領會字裡行間意思的讀者肯定已經猜到了，虎克曾經在一所有名的公學就讀，學校的傳統仍像衣裳一樣緊黏著他。但說實在的，與學校傳統最有關的也不過是衣著罷了。所以即使到現在，如果他登船和襲擊船的時候穿著同樣的衣服，他就會感到不高興；此外他走起路來仍保持在學校時那種高雅的慵懶姿態。不過最重要的是他保有了對禮儀的熱愛。

禮儀！無論他怎樣墮落，他還是記得禮儀是最要緊的。

虎克聽見自己的內心深處傳來一種好像是生鏽的門所發出的嘎吱聲，那個堅定的咚—咚—咚聲音，就像是夜裡睡不著時聽到的錘打聲。

那聲音永遠問他這個問題，「你今天符合禮儀了嗎？」

虎克喊道：「名聲，名聲，那閃閃發亮的小玩意兒，現在是屬於我的了。」

來自學校的咚—咚—咚聲反問：「什麼都想功成名就，符合禮儀嗎？」

「我是巴比克唯一害怕的人。」虎克強調說，「而弗林特還怕巴比克呢。」

那聲音鋒利地反駁：「巴比克、弗林特——是哪個學派啊？」

最令人不安的省思是，一心只想著講究禮儀不正是有悖禮儀嗎？

這問題就像虎克心中的爪子折磨著他，比那隻鐵爪還要來得鋒利；這爪子撕扯著他的內心，汗水不斷順著他油膩的臉龐淌下來，在短上衣留下一道道汗漬。他不時用袖子擦抹著臉，但是止不了流下的汗。

啊，別羨慕虎克。

虎克忽然預感到自己會早死，彷彿彼得的可怕詛咒登上了他的船。虎克悲觀地覺得想要說幾句臨終遺言，唯恐再過不久就來不及說了。

「虎克啊！要是他的野心小一點就好了！」虎克喊道。唯有在他最鬱悶的時候才會用第三人稱來稱呼自己。

「沒有小孩子愛我。」

說也奇怪，虎克居然想到了這一點。以前他可從來沒煩惱過，也許是縫紉機讓他想起的吧。虎克喃喃自語了許久，呆呆地凝望著史密。史密正安靜地縫著衣邊，深信所有的孩子都懼怕他。

怕他！怕史密！

那晚在船上的孩子已經沒有一個不愛史密了，雖然他對他們說了許多嚇人的話，還用手掌打他們，因為史密不能用拳頭揍人，可是孩子們只是更加纏著他不放。麥可甚至還試戴了他的眼鏡。

虎克巴不得告訴可憐的史密，孩子們覺得他很可愛，可是這樣似乎太殘忍了。他在心裡反覆地思考這個謎——為什麼孩子會覺得史密可愛呢？虎克像頭獵犬般地追查這個問題。史密若是可愛，又是哪點可愛呢？一個可怕的答案忽然冒出來——「禮儀？」

水手長的表現在不自覺間都符合了禮儀，這才是最好的禮儀？

虎克想起來，你必須先證明你不知道自己擁有禮儀，才有資格進伊頓公學的聯誼辯論俱樂部。

虎克憤怒地大吼一聲，舉起鐵爪伸向史密的頭，就在他要撕裂史密時，一個念頭升起阻止了他下手——

「因為一個人符合了禮儀就用爪子傷害他，這算什麼呢？」

「失禮！」

悶悶不樂的虎克沮喪得虛脫無力，就像一朵被折斷的花似地往前倒了下去。

虎克的手下以為他暫時不會來管他們，紀律立刻鬆懈，像喝醉酒般東倒西歪地跳起舞來；這使得虎克立刻站起身來，彷彿一桶水潑在他身上似的，將他所有人性軟弱的模樣全都一清而空。

虎克吼道：「安靜，你們這群討厭的傢伙，否則我就把錨拋在你們身上。」

喧鬧聲立刻靜止下來。

「所有的孩子都上好鎖鍊，免得他們飛走嗎？」

「是的，是的。」

「把他們帶上來。」

海盜將不幸的俘虜們都從船艙拖了出來，除了溫蒂以外，在虎克面前排成一行。有段時間，虎克似乎沒注意到他們的存在，一派輕鬆懶洋洋地坐著，嘴裡哼著幾句不難聽但歌詞粗野的曲子，手裡撥弄著一副紙牌。虎克嘴上的雪茄不時閃動火光，給他的臉龐添了點顏色。

虎克乾脆地說：「喂，小子們，你們裡面有六個今晚要走跳板，不過我可以留下兩個在船上當小廝，要留下哪兩個呢？」

「除非必要，不要惹惱他。」溫蒂在船艙裡曾這樣教過他們。因此托托很有禮貌地往前跨一步。托托討厭在這個男人的手底下做事，不過直覺告訴他，把責任推給不在場的人是明智之舉；雖然托托有點傻，但他知道做母親的總是願意當罪人。所有的孩子都明白這一點，並因此瞧不起母親，卻又經常利用這一點。

於是托托很謹慎地解釋說：「先生，我想我母親一定不希望我當海盜。史萊特利，你母親會希望你當海盜嗎？」

托托朝史萊特利眨了眨眼。史萊特利用悲傷的語調回答：「我想一定不希望吧。」彷彿他但願不是如此似的。「雙胞胎，你們的母親會希望你們當海盜嗎？」

「我想應該不願意。」雙胞胎和其他人一樣聰明地說。

「尼布斯，你母親——」

「別說廢話了！」虎克咆哮道，發言的孩子全被拽回隊伍去。他對約翰說：「孩子，你看起來好像有點膽識。你從來沒想過要當海盜嗎？我的好夥伴。」

約翰曾經在作算數習題時，體驗過像這樣的期待。虎克單挑他出來質問，令他受寵若驚。他羞怯地說：「我曾經想過幫自己取名為紅手傑克。」

「這名字不賴啊。小子，你要是加入的話，我們就那樣叫你。」

約翰問：「麥可，你覺得怎麼樣？」

麥可問道：「要是我加入的話，你們要怎麼稱呼我？」

「黑鬍子喬。」

這稱號自然給麥可留下深刻的印象。

「約翰，你覺得怎麼樣呢？」

麥可想讓約翰來決定，約翰則希望由麥可來決定。

約翰詢問：「我們加入以後還是效忠國王的好百姓嗎？」

虎克從牙縫間擠出答案，「你們得宣誓『打倒國王』。」

到目前為止約翰的表現也許不是非常好，不過接下來他可是大放異彩。

「那麼我拒絕。」約翰大聲地說，重重敲了一下虎克前面的木桶。

麥可跟著喊：「我也拒絕。」

捲毛尖聲大喊：「不列顛帝國萬歲！」

憤怒的海盜狠狠打他們的嘴巴；虎克怒吼道：「這決定了你們的命運。把他們的母親帶上來。準備跳板。」

男孩們看見朱克斯和伽可準備奪命跳板時，嚇得臉都發白了，他們只是孩子啊；不過當海盜帶溫蒂上來時，他們卻竭力裝出勇敢的樣子。

我沒法向你描述溫蒂如何鄙視那群海盜。對男孩來說，當海盜至少有些吸引力，但是她只看到這艘船已經好多年沒有清掃了。每一扇舷窗的玻璃都骯髒不堪，你甚至能用手指寫上「髒豬」二字；她已經在好幾扇窗上寫了。不過當男孩們圍繞在她身邊時，當然她的心思完全放在他們身上。

虎克用好像沾了糖漿的口吻說：「我的美人兒，妳就要看著妳的孩子走跳板了。」

雖然虎克是個體面的紳士，但是他說話時的猛烈語氣噴髒了輪狀皺褶衣領；突然間他發現溫蒂正盯看著他的衣領，他急急忙忙地想要遮掩起來，但是太遲了。

「他們要去死嗎？」溫蒂的表情極端地輕蔑，把虎克氣得快昏了。

虎克咆哮著說：「沒錯。」接著他又得意洋洋地喊道：「全都閉嘴，聽聽母親和她的孩子們訣別吧。」

此時溫蒂神情肅穆，堅定地說：「親愛的孩子們，這是我要對你們說的最後幾句話。我覺得你們的親生母親有句話要我轉達給你們，那就是『我們希望我們的兒子死也要死得像個英國紳士』。」

這句話就連海盜聽了也肅然起敬。

托托歇斯底里地哭喊著：「我要照我母親希望的去做。尼布斯，你呢？」

「遵照我母親的希望。雙胞胎，你們打算怎麼做呢？」

「照我母親的希望。約翰，你——」

但是虎克震驚過後又恢復了說話的能力。

虎克大喊：「把她綁起來！」

史密將溫蒂捆綁在桅杆上時，悄聲說：「聽我說，親愛的，妳要是答應當我的母親，我就救妳一命。」

然而即使是對史密，溫蒂也不肯答應。她不屑地說：「我寧可沒半個孩子。」可悲的是史密把她綁在桅杆上的時候，沒有一個男孩看著她；所有孩子的眼睛全都注視著他們將要走的最後一小段路——跳板。他們已經不敢指望自己能夠充滿男子氣概地走完跳板，因為他們已經失去了思考能力，只能呆望著發抖而已。

虎克咬牙切齒地對他們微笑，他走向溫蒂要將她的臉扳過來，讓她看著孩子一個接一個地走跳板。可是他永遠沒機會走到她身邊，也沒法聽到他期望中她發出的痛苦吶喊。

虎克聽到的是別的聲音——那是鱷魚可怕的滴答滴答聲。

他們——海盜、男孩、溫蒂——全聽到了，所有人的頭立刻往同一個方向轉過去；不是轉向發出聲音的水裡，而是看向虎克。大家都知道即將發生的事只和他有關，因此這群原本演戲的人忽然間變成看戲的人了。

目睹虎克的轉變才真是驚人呢。

滴答聲逐步地接近，聲音還沒到，先冒出一個令人毛骨悚然的念頭：「鱷魚快要爬上船來了！」

虎克所有的關節好像都被剪短一截似地縮成一小坨，癱倒在地上。就連鐵爪也無力地下垂，彷彿知道自己不是攻擊一方想要得到的目標。落入像這樣孤立無援的境地，換做其他男人鐵定會閉上眼睛倒地等死：不過虎克強大的腦筋還在活動，意志力支撐著他用膝蓋跪在甲板上爬，盡可能逃離那滴答聲。

海盜們畢恭畢敬地為他騰出一條通道，他一直爬到船舷邊才聲嘶力竭地大喊：「把我藏起來！」

海盜們將他團團圍起來，所有人的目光都在閃避那個爬上船來的東西，他們壓根兒沒想過要和牠搏鬥。那是命運。

虎克藏起來以後，孩子們僵硬的四肢才因好奇心放鬆下來，他們衝到船邊看鱷魚往上爬。這時他們看到這驚人一夜中最離奇的景象，因為爬上來的竟然不是鱷魚，是彼得。

彼得向他們打手勢，不要發出讚美的歡呼聲，免得引起懷疑；他仍繼續模仿著滴答滴答的聲音往上爬。

15

和虎克一決生死

每個人的一生中總會發生些奇怪的事情，我們自己卻有段時間毫無所覺；舉個例來說，我們突然發現自己一個耳朵聾了，卻不清楚究竟聽不見多久了，只能粗估說是半個小時；那晚彼得就遇到了類似的經驗——

我們上回看到彼得的時候，他正悄悄地穿越永無島，他把一根手指放在嘴唇上，一手握著匕首。他看到鱷魚經過，沒注意到有什麼異常，但過一會兒後，他突然覺得很奇怪，因為鱷魚沒有發出滴答滴答的聲響，很快的，他就得出正確的結論——鱷魚肚子裡的時鐘已經停止運轉了。

彼得無暇考慮鱷魚突然失去最親密同伴的感受，只盤算著該如何利用這樁變故；最後他決定模仿滴答聲，讓野獸以為他是鱷魚，就不會侵擾他，放他過去。他的滴答聲模仿得唯妙唯肖，卻引來了意想不到的結果——鱷魚和其他的野獸一樣聽到了滴答聲，便跟在他後頭；鱷魚到底是想要找回失去的東西，或者只是以為時鐘又開始滴答滴答作響，因此以朋友的身分跟在後頭，我們永遠無法確知。因為鱷魚是很愚蠢的動物，想法總是一成不變。

彼得平安無事地抵達海岸，繼續往前走，他的雙腿踏進海中時，似乎完全沒察覺到已經碰到了新的物質。許多動物從陸地到水裡也是如此，不過我卻沒見過其他人類像他這樣。他在游泳時心裡只有一個念頭：「這回我要跟虎克拼個你死我活。」他模仿滴答聲太久了，因此現在仍繼續發出滴答聲卻毫不自覺。要是他有察覺到，應該早就停下來了，因為藉助滴答聲的力量登上海盜船，雖然是個巧妙的計策，卻是他不曾想過的。

相反的，彼得以為自己像隻老鼠般悄無聲息地爬上船，他很訝異地看見海盜們都畏縮著躲開他，虎克更是膽怯地躲了起來，彷彿聽見鱷魚來了。

鱷魚！彼得才剛想起鱷魚就馬上聽到滴答聲；起先他以為那真的是鱷魚發出來的聲響，迅速地轉頭往後看，沒有鱷魚；這才發現是他自己發出的聲響。他馬上明白了眼前的情況，他心想，「我真是聰明啊！」並向男孩們打手勢，示意他們別鼓掌歡呼。

就在這時候，舵手艾德・坦特從船首的水手艙沿著甲板走過來。

現在，讀者，請用你的手錶來為以下發生的事情計時——

彼得舉起匕首準確地砍向海盜，深深刺下；約翰用兩手摀住這倒楣海盜的嘴，不讓他發出垂死的呻吟。海盜向前倒下去。四個男孩及時抓住他，防止他倒地發出砰的聲響。彼得一打出信號，男孩便將屍體扔出船外。只聽見噗通一聲，隨即又恢復寂靜。總共花了多少時間呢？

「一個。」（史萊特利開始計數。）

彼得躡手躡腳地溜進船艙。不只一名海盜鼓起了勇氣張望四處，現在他們能聽見彼此驚惶不定的呼吸聲，那表示更恐怖的聲音已經消失了。

「牠走了，船長。」史密擦拭眼鏡。「一切又安靜下來了。」

虎克慢慢地把頭從輪狀領子中探出來，聚精會神地聆聽是否還有滴答滴答的回聲。四周一點聲響也沒有，於是他站直身子，抬頭挺胸。

虎克用響亮刺耳的聲音喊道：「好了，現在該走跳板了！」現在他更加痛恨這群孩子，因為剛剛他們看到了他畏縮的模樣。他開始唱起那首凶惡的小曲子：

「唷嗬，唷嗬，晃動的跳板，

人在板子上面走，
連同跳板齊墜落，
去見深海閻王囉。」

為了讓俘虜更加害怕，虎克不顧有點喪失尊嚴，在假想的跳板上跳起舞來，邊唱歌邊朝他們扮鬼臉，唱完時他大聲問：「你們在走跳板之前，想要嚐嚐九尾鞭的滋味嗎？」

聽到這句話，孩子們全跪了下來，可憐兮兮地叫道：「不，不要！」

海盜們全都笑了。

虎克說：「朱克斯，去船艙裡把九尾鞭拿來。」

船艙！孩子們不知所措地互相對視，彼得就在船艙裡啊！

朱克斯快活地說：「是，是。」

朱克斯大步走進船艙，孩子們用目光追隨著他，幾乎沒注意到虎克又繼續唱起歌，他的手下也跟著他齊聲唱：

「唷嗬，唷嗬，抓人的惡貓。

你知道，牠光尾巴就有九條，

一旦掃到你的背上——」

最後一句是什麼，我們永遠無法得知，因為船艙裡忽然傳出一聲可怖的尖叫，打斷了歌聲。那聲哭喊傳遍整艘船後消失了，緊接著聽見一聲歡呼，孩子們都很熟悉這個聲音，但是在海盜耳裡聽來這比那聲尖叫更為詭異。

虎克叫道：「那是什麼聲音？」

史萊特利鄭重其事地說：「兩個。」

義大利人伽可猶豫了片刻後，大搖大擺地走進船艙；但不一會兒他就面帶憂色，踉踉蹌蹌地走出來。

虎克低聲喝叱，逼迫著他快說：「你這窩囊廢，比爾・朱克斯怎麼了？」

伽可用空洞的聲音回答：「怎麼了？他死了，被刀捅死了！」

海盜大吃一驚的叫道：「比爾・朱克斯死了！」

「船艙裡面像地洞一樣黑……」伽可幾乎連話都說不清了，「可是裡頭有個駭人的東西，就是你們聽見發出歡呼聲的那個東西。」

虎克把男孩們狂喜的表情和海盜們愁眉苦臉的神色全都看在眼裡，他用最強硬的語氣說：「伽可，去船艙把那鬼吼鬼叫的東西給我抓來。」

勇士中最英勇的伽可抖縮在船長面前，喊著：「不，不！」

然而虎克不懷好意地舉起鐵爪，沉思地說：「你是說你會去吧？伽可。」

伽可絕望地甩一甩手臂走去船艙了。

這回沒人唱歌了，全都豎耳聽著——

臨死的慘叫再次傳來，緊接著又是一聲歡呼。

除了史萊特利外，沒人吭聲。他說：「三個。」

虎克比個手勢召集來他的手下，暴怒地大吼：「可惡，豈有此理，誰去把那鬼吼鬼叫的東西給我抓來？」

「等伽可出來再說吧。」史塔奇忿忿不平地抱怨，其他的海盜也附和他。

虎克再度不懷好意地輕聲說：「我想我聽見你自告奮勇了喔，史塔奇。」

史塔奇喊道：「我對天發誓，絕對沒有。」

「我的鉤子可認為你說了呢，」虎克說著，向他走過去。「史塔奇，我想你還是遷就一下鉤子比較明智吧？」

「我寧可被吊死也不要進去。」史塔奇固執地回答，其他海盜又支持他。

虎克格外和藹可親地問：「這是叛變嗎？史塔奇帶頭叛變啊！」

史塔奇渾身發抖，嗚咽著說：「船長，求求你大發慈悲吧。」

「來握個手吧，史塔奇。」虎克說著伸出他的鐵爪。

史塔奇張望四周求援，但是所有的人都背棄了他。他往後倒退，虎克步步進逼，此刻他眼中露出了紅光。史塔奇絕望地大叫一聲，跳上長腳湯姆，縱身躍入海裡。

「四個。」史萊特利說。

虎克彬彬有禮地說：「現在，還有哪位紳士要叛變嗎？」虎克抓過一盞燈，舉起鐵爪作勢威脅：「我自己去把那個鬼東西帶出來。」他說完快步走進船艙。

「五個。」史萊特利多麼想說出這句話，他舔濕嘴唇準備好；然而虎克拿著熄滅的燈，腳步蹣跚地走了出來。

虎克聲音有點發顫地說：「不知道什麼東西吹熄了燈？」

穆林斯隨聲附和說：「不知道什麼東西？」

努德勒詢問：「伽可怎麼樣了？」

虎克簡要地說：「他和朱克斯一樣死了。」

虎克遲遲不願再回到船艙，在海盜們心中產生了不好的印象，於是造反的聲浪再度爆發，因為所有的海盜都很迷信。

庫克森嚷著說：「人家說一艘船注定要完蛋的徵兆，就是船上多了來歷不明的東西。」

「我也聽說過。」穆林斯喃喃地說，「那東西最終總會登上海盜船。船長，他有尾巴嗎？」

另一名海盜滿懷敵意地看著虎克，「他們說，那東西來的時候，長得會和船上最邪惡的人一樣。」

庫克森無禮地問：「船長，他有鐵鉤嗎？」

他們一個接一個地大喊：「這艘船劫數難逃了！」

聽到這裡，孩子們忍不住要歡呼起來。虎克幾乎忘了他的俘虜，不過現在他轉過身看到他們，他的臉上又露出了喜色。

虎克對水手們喊道：「兄弟們，我有個主意。打開艙門，把男孩們趕進去，讓他們去和那個鬼東西拚命，要是他們能把那怪物消滅，那是最好不過；要是他殺了他們，我們也沒損失。」

這是虎克的手下最後一次欽佩他，他們忠誠地遵照他的命令去做。男孩們假裝奮力掙扎，被硬推進船艙裡，艙門隨後關上。

虎克喊著，「現在，仔細聽好！」

所有人都側耳細聽，但是沒一個人敢面向那扇門。

有一個人——溫蒂——這段期間一直被綁在桅杆上，她等待的並非尖叫或歡呼，而是彼得再度露面。

她沒有等很久。彼得在船艙裡找到了他一直在尋找的東西——能打開孩子們鐐銬的鑰匙。現在所有的孩子拿著找到的武器，悄悄地跑出來。彼得打手勢示意他們先躲藏起來，然後割斷綁縛著溫蒂的繩索。現在他們要一起飛走是輕而易舉的事，可是有件事阻礙了他們的路，那就是彼得的誓言——「我要跟虎克拼個你死我活」。

因此等他幫溫蒂解開束縛之後，他便悄聲叫她和其他孩子躲在一起；彼得披上斗篷假扮成溫蒂，取代她的位置，站在桅杆前。隨後他深吸一口氣，發出嘹亮的歡叫聲。

海盜聽了這聲歡呼，以為所有的男孩都在船艙裡被殺死了，嚇得驚慌失措。虎克想叫他們振作一點，但就像他把他們訓練成的狗一樣，他們對他露出了尖牙，他曉得只要自己的視線一離開，他們就會向他撲過來。他準備好言哄騙，必要的話甚至動手攻擊，但絕對不能表現出絲毫膽怯。

「兄弟們，我想出頭緒來了。我們船上有顆災星。」

他們咆哮著說：「是啊，是個裝了鐵鉤的傢伙。」

「不，不，兄弟們，是那個女孩。海盜船上要是有女人就會走霉運，只要她一走，我們的船就會恢復正常了。」

他們有些人想起弗林特也曾這麼說過，懷疑地說：「值得試一試。」

虎克喊道：「把那個女孩扔到海裡去。」

他們立刻向披著斗篷的人影撲過去。

穆林斯嘲弄地嘶聲說：「小姐，現在沒人能夠救妳了。」

那人影回答：「有一個人呢。」

「是誰？」

「復仇勇士彼得潘！」令人生畏的回答傳來，彼得邊說邊甩開斗篷。

這下子他們才明白在船艙裡搗亂的是誰。有兩次虎克試圖開口說話，兩次都發不出聲音。在那驚人的一刻，恐怕他凶狠的心都碎了。

最後他大聲喊道：「劈開他的胸膛！」但是他的語氣沒什麼信心了。

彼得用響亮的聲音說：「衝啊，孩子們，打倒他們！」

轉眼間武器的鏗鏘聲在船上各處響起。若是海盜聚集在一起，肯定會獲勝，但是遭到突襲的他們仍然驚惶未定，因此東奔西竄，亂殺亂砍，每個人都以為自己是最後一個倖存者。若單挑的話，海盜肯定比較強，不過他們只一味地採取守勢，讓男孩們可以兩人聯手攻擊，挑選獵物。這群惡棍有的跳到海裡；有的躲藏在隱蔽暗處，最後被史萊特利找到；史萊特利沒參加戰鬥，而是提著燈跑來跑去，拿燈往海盜的臉上照，強光閃得他們眼睛看不清楚，輕易地落入其他男孩散發臭味的劍下。四周只有兵器相接的鏗鏘聲，和偶爾一聲尖叫或濺水聲，以及史萊特利單調的計數聲——五個、六個、七個、八個、九個、十個、十一個。

我想當這群凶殘的男孩圍住虎克的時候，其餘的海盜全都死光了，虎克像是有魔法似的，四周彷彿有一道火焰光圈保護著，孩子們都無法靠近他。他們殺光了他的手下，但是這個男人孤軍作戰似乎就能對付他們所有人。他們一次又一次地逼近他，他一次又一次地殺退他們，清出一塊空間。他用鐵鉤挑起一個男孩，利用他當盾牌，這時候另一個才剛用劍刺死穆林斯的男孩也跳進來加入戰局。

這個新來的男孩大聲說：「孩子們，收起你們的劍，這人是我的。」

虎克猛然間發現自己與彼得面對面。其他人往後退，圍在他們兩人的四周站成一圈。

兩個仇敵對視了好長一段時間，虎克微微地發抖，彼得臉上露出奇特的笑容。

虎克終於開口說：「看來，彼得潘，這全是你幹的好事。」

彼得堅定地回答：「是啊，詹姆斯•虎克，全是我幹的。」

虎克說：「驕傲無禮的年輕人，準備受死吧。」

彼得回答道：「陰險邪惡的男人，納命來。」

兩人不再多說話，展開對打，一時間雙方勢均力敵。

彼得的劍法精湛，閃躲的速度快得令人眼花繚亂；他不時虛晃一招，趁勢猛刺突破敵人的防禦，可惜胳臂太短對他不利，很難刺中敵人。

虎克的身手也不遜色，可是他腕部的動作不靈活，他靠著進攻的力量壓制對手，希望能用多年前在里約時，巴比克教他的那招刺法，猛然給彼得致命的一擊。可是令他驚訝的是，彼得一次又一次地閃開他的猛攻。因此他更逼近敵人，想用鐵鉤置對方於死地，他的鐵爪在空中揮舞。彼得彎下身子閃過鐵爪，然後猛力地往前刺，刺進了他的肋骨。當虎克看見了他自己的血——你還記得吧，他最怕那獨特顏色的血，他手中的劍掉落，一條命只能任憑彼得擺佈了。

孩子們齊聲叫喊：「好啊！」

然而彼得擺出高貴的姿態，請他的對手拾起劍來。虎克立刻照做，但是他心裡感到一股悲哀，覺得彼得的表現非常符合禮儀。到目前為止，他一直認為和自己打仗的是個惡魔，但是現在他起了更陰沉的疑心。

虎克聲音嘶啞地喊：「彼得潘，你是誰，你到底是什麼？」。

彼得隨便亂回答：「我是青春。我是歡樂。我是剛破殼出來的小鳥。」

這當然是胡說八道，可是對不幸的虎克來說，這證明了彼得一點也不知道他自己是誰或是什麼，這樣的毫無自覺正是禮儀的顛峰。

虎克絕望地吶喊：「再來受死吧！」

他現在像打穀的連枷似地狂亂揮劍，任何擋路的男人或男孩碰上那把可怕的劍，都會被砍成兩半；但是彼得在他的四周飛來飛去，揮劍產生的風彷彿把他吹離了危險地帶；而且他還不時鑽進去刺虎克一劍。

虎克現在不抱任何希望地戰鬥，他那滿腔熱血的胸膛也不再希冀能活命；只渴望能得到一個恩惠——在他的心永遠冷卻之前看見彼得失態。

虎克放棄打鬥，衝進火藥庫，點燃了火藥，喊道：「再過兩分鐘，這艘船就會炸得粉碎。」他心想，這下子大家的真面目就會露出來了。

可是彼得從火藥庫跑了出來，雙手捧著炮彈，從容不迫地丟進海裡。

虎克本身又是什麼樣的反應呢？儘管他是個誤入歧途的人，我們並不同情他，但是我們很樂意看見他到最後仍忠於貴族的傳統。其他的男孩現在都圍繞在他身邊飛，輕蔑地嘲笑他；他步履蹣跚地在甲板上走著，有氣無力地向他們還擊，他的心思已不在他們身上；而是無精打采地站在多年前的運動場上，或是被校長召見，或者在伊頓公學著名的牆邊觀賞牆球比賽。他的鞋子、背心、領結和襪子都整整齊齊。

詹姆斯‧虎克，不能說你不是條英雄好漢，永別了。

因為我們已來到了他的最後一刻。

看見彼得平穩地舉起匕首，緩緩地凌空朝他飛過來，虎克倏地跳上船舷縱身躍入海中。他不知道鱷魚正等著他；因為我們故意讓時鐘停止走動，以免他知道這個情況——算是我們最後對他表示的一點敬意吧。

虎克最後取得了一點勝利，我想我們也不需要吝惜提出來——當他站在船舷，回頭看著彼得在空中滑翔時，他比出姿勢慫恿彼得用腳來踢。彼得因此沒用劍刺，改用腳踢。終於虎克獲得了他所渴望的恩惠。

「你失態了。」虎克嘲弄地高喊之後，心滿意足地掉入鱷魚口中。

詹姆斯‧虎克就這樣送了命。

史萊特利大聲喊出：「十七個。」不過他的數目並不十分正確。那晚有十五個海盜伏了法；可是有兩個游到岸上。史塔奇被印第安人捕獲，並命令他照顧他們所有的幼兒。對海盜而言，這真是令人悲傷的落魄下場。另外一個是史密，他從此戴著眼鏡在世界上到處遊蕩，過著不安定的生活，因為他逢人就說他是虎克唯一害怕的人。

溫蒂在一旁觀戰，沒有加入戰鬥，不過她始終睜著發亮的眼睛關注著彼得；但是現在一切結束，她又變回核心人物了。她一視同仁地讚揚他們，當麥可指給她看他殺死一名海盜的地方時，她甚至高興得發抖了。最後她帶領他們進入虎克的船艙，指著虎克掛在釘子上的手錶，顯示：「一點半。」

時間已經這麼晚了，這是最嚴重的一件事。你可以確定，她動作迅速地安頓所有的孩子在海盜的床鋪睡覺，只除了彼得。他在甲板上大搖大擺地走來走去，最後倒在長腳湯姆的旁邊睡著了。那晚他作了夢，在睡夢中哭了許久，溫蒂緊緊地摟著他。

16 回家

那天清晨五點半鐘，每個人都忙得東奔西跑；因為潮水高漲起來；當上水手長的托托手中抓著鞭子，口裡嚼著菸草。他們全都穿上剪短到膝蓋的海盜服，臉刮得乾乾淨淨，操著真正水手的腔調，像水手那樣提著褲子急匆匆地跑上甲板。

誰是船長？自然不用說了。尼布斯和約翰分別是大副和二副。船上只有一名女性。其餘全是普通的水手，住在船首的水手艙。彼得牢牢地掌握著船舵，吹哨子召集所有的船員，向他們發表了短短的談話——希望他們能像英勇的水手們盡忠職守，儘管他知道他們是里約和黃金海岸的人渣，誰要是敢惡聲惡氣地說話，他就會把他撕成碎片。這幾句強硬又嚇唬人的話奏效了，水手們都聽明白，他們勁頭十足地向他歡呼。隨後他下了幾道嚴厲的命令，他們就調轉船頭，朝本土駛去。

船長查過船上的海象圖之後，估計若是這樣的天氣持續下去，他們應該會在六月二十一日左右抵達亞速爾群島，到了那之後，再改用飛行可以節省時間。

他們之中有些人希望這艘船規規矩矩地行駛，有些人則贊成讓這艘船繼續當海盜船；但是船長把他們當小嘍囉看待，就算是用聯名的形式，他們也不敢對他表達自己的想法。絕對服從是唯一穩妥的方法。史萊特利有一次奉命去測探水深，他只不過流露出迷惑的神色就被打了十二下。大家都覺得彼得現在安分守己，只是為了解除溫蒂的疑心，不過等新衣做好了，可能會有所變化。那套新衣是溫蒂——她原本並不願意——拿虎克最邪惡的衣服替他改的。後來船員們私下議論，彼得穿上那件衣服的第一個晚上，在虎克的船艙裡坐了好久，嘴上銜著雪茄煙嘴，一手緊握成拳，只伸出一根食指，他把這根食指彎曲成鐵鉤狀，高高舉起，擺出威嚇人的姿態。

不過，我們暫時先別觀察船上的發展，現在必須回到那個寂寥的家，我們的三個主人翁無情地從那兒飛走已是很久以前的事了。說來慚愧，在這麼長的時間裡，我們都忽略了十四號這所住宅；不過我們可以肯定的是達林太太不會責怪我們。要是我們早點回到這兒，懷著悲哀的同情去探望她，她八成會大聲說：「別傻了，我有什麼要緊呢？趕快回去看著孩子吧。」正因為母親總是像這樣子，孩子才會占她們的便宜，篤定母親永遠會等著他們。

即使現在我們冒險進入那間熟悉的育嬰室，也只是因為育嬰室合法的主人已經在返家的路上了；我們只不過是搶先在他們前面，查看他們的被褥是否好好晾過，確保達林先生和達林太太那天晚上不要出門。我們只是僕人而已。既然他們連句謝謝也沒說，就匆匆忙忙地離開家，那又何必替他們好好地晾曬被褥呢？假如他們回到家發現父母親到鄉下去度週末，不正是他們活該應得的懲罰嗎？這是自從我們認識他們以來，他們就該得到的道德教訓；但如果我們這樣安排事情的話，達林太太絕不會饒恕我們。

有件事我極為想做，那就是像一般作者那樣告訴她——孩子們要回來了，下星期四就會到家。如此一來，溫蒂、約翰和麥可所期盼帶給家人的意外驚喜就會完全落空。他們在船上想像著：母親將多麼歡喜，父親會高興地大叫，娜娜會飛撲過來搶先擁抱他們，當然他們必須好好地祕密籌畫才行。倘若事先把消息走漏出去，毀了他們的計畫，將是多麼的有趣啊。這樣一來，等他們神采飛揚地走進家門，達林太太也許不親吻溫蒂一下，達林先生可能氣沖沖地嚷著：「該死的，那些小子又回來了。」但是，我們就算這麼做也不會得到感謝。到這時候，我們漸漸瞭解了達林太太的為人，可以肯定她會責備我們剝奪了孩子們的小小樂趣。

「可是，親愛的夫人，到下星期四還有十天呢，我們先把實情告訴妳，可以省得妳多苦惱十天呢。」

「是沒錯，可是代價太大了啊！剝奪了孩子們十分鐘的快樂。」

「喔，如果妳這麼想的話就沒辦法了。」

「不然還能有別的辦法嗎？」

你看，這婦人的態度真是不妥當。我原本想說幾句她的好話，可是我瞧不起她，現在我什麼也不說了。其實我根本不需要通知她要做好準備，因為一切早已準備妥當。所有的被褥都晾曬好了，她從不出門。而且請注意，窗戶是開著的。她完全用不著我們，我們不如回船上去吧。但是，既然我們來到這裡了，不妨留下來觀看。我們本來就是旁觀者嘛。沒人真正需要我們。所以我們就在一旁觀望，說些刺耳的話，希望他們之中有人聽了心裡不舒服。

育嬰室裡唯一看得到的變動是，從九點到六點狗窩不再放在那裡了。孩子們飛走以後，達林先生打從骨子裡覺得錯誤就是他把娜娜拴起來，而且自始至終娜娜都比他聰明。當然，如我們所看到的，他是個相當單純的男人；真的，倘若他沒有禿頭，很可能還會被誤認為是小男孩；可是他同時具有崇高的正義感和獅子般的勇氣，凡是他認為對的事，他都會勇敢地去做。在孩子飛走之後，他焦慮地仔細思量了整件事，最後四肢著地爬進了狗窩。

達林太太再三誠懇地請他出來，他都悲哀但堅定地回答：「不，我親愛的，這才是我應該待的地方。」

在萬分痛苦的悔恨中，他發誓要等到孩子回來，他才會離開狗窩。當然這是件令人遺憾的事；不過達林先生無論做什麼事都非得走極端不可，否則他很快就會放棄了。晚上當他坐在狗窩裡，和妻子談論他們的孩子和孩子們可愛的模樣時，從前驕傲自負的喬治・達林變得再謙卑不過了。

達林先生對娜娜的尊重非常令人感動。他不准她進狗窩，但是在其他各方面他都毫無保留地順從她的心意。

每天早晨達林先生坐在狗窩裡，請人把狗窩搬到馬車上，載運到他的辦公室；下午六點再用同樣的方法回家。我們如果記得達林先生多麼介意鄰居的眼光，就能看出這人的性格多麼強韌——現在這人的一舉一動都引人驚詫的注意。他內心裡一定飽受痛苦折磨，但是即使在年輕人批評他的小屋時，他表面上仍保持鎮定，要是有女士往裡面張望，他總是禮貌地舉起帽子致意。

達林先生的行為或許如唐吉軻德般的荒謬，卻頗為高尚。不久這件事的內情洩漏了出去，眾人博大的胸懷深受感動。成群的人追隨著他的車，熱烈地歡呼；迷人的女孩攀上車子要他的親筆簽名；採訪他的新聞刊載在上流的報紙上，社會名流邀請他去作客，並附上一句：「請務必坐在狗窩裡光臨」。

在那個多事的星期四，達林太太在孩子的睡房裡等候喬治回家。她的眼神非常哀傷。現在我們仔細地端詳她，回想她以前快樂的神采，如今全都不見了，只因為失去了她的寶貝。我覺得我終究沒辦法說她的壞話。如果她太過疼愛她那幾個壞孩子，也是身不由己。現在看看她吧。她坐在椅子上睡著了，她的嘴角原本是最吸引人目光的部位，如今卻幾乎枯萎了。她的手不斷地撫著胸，胸口好像很痛的樣子。有些人最喜歡彼得，有些人最喜歡溫蒂，但我最喜歡的是她。假設，為了讓她開心起來，我們趁她睡著時，悄聲告訴她那幾個頑皮孩子就要回來了。他們現在離家裡的窗戶不到兩英里了，而且正飛得起勁呢。不過我們只需要低聲說，他們已在回家的路上就夠了。我們就告訴她吧。

很可惜我們真的說了。因為她跳了起來，呼喊他們的名字；但房裡除了娜娜以外沒有任何人。

「噢，娜娜，我夢到我親愛的寶貝回來了。」

娜娜睡眼惺忪，不過她唯一能做的只有把腳掌輕輕地放在女主人的膝上。她們就這樣一起坐著，一直等到狗窩運回來。達林先生探出頭來親吻妻子時，我們看見他的臉龐比往昔憔悴，但表情比以前柔和。

他把帽子交給莉莎，她輕蔑地接下帽子；因為她這人沒有想像力，無法理解這個男人如此做的用意。屋外，跟著馬車回家的群眾仍在歡呼，他並非無動於衷。

他說：「聽聽他們，真叫人欣慰。」

莉莎譏笑地說：「裡頭一堆小孩子。」

他微微紅著臉地對她說：「今天有好幾個成年人。」不過當她輕蔑地把頭一甩，他並沒有譴責她半句。社交上的成功並沒有把他慣壞，反倒讓他變和善了。他把頭伸出狗窩坐了一會兒，和達林太太談論這次的出名，當她說她希望他不會被名聲沖昏了頭，他緊握她的手要她放心。

「不過萬一我是個軟弱的男人。天啊，萬一我是個軟弱的男人呢！」

她膽怯地說：「喬治，你還是和以前一樣滿心悔恨，是不是？」

「親愛的，我還是懊悔極了，看看我對自己的懲罰——住在狗窩裡。」

「但這是懲罰吧，是不是，喬治？你確定你不是樂在其中嗎？」

「親愛的，妳這是什麼話！」

你可以確定她會懇求他原諒。

過一會兒，達林先生覺得睏倦了，蜷縮起身子在狗窩裡躺下。「妳能不能去遊戲室彈琴為我助眠呢？」達林太太走去遊戲室的時候，他隨口加了一句：「順便把窗戶關上。我覺得有風。」

「噢，喬治，千萬別叫我關窗。那扇窗必須永遠為他們開著，永遠，永遠。」

這回輪到達林先生請求妻子寬恕了。達林太太走進遊戲室彈琴，沒多久達林先生睡著了。在他睡著的時候，溫蒂、約翰和麥可飛進房裡。

噢，不對。我們這樣子寫是因為，我們離開船之前，他們原本的可愛計畫是這樣的——可是在那之後必定發生了什麼事，因為飛進來的並非他們，而是彼得和叮噹鈴。

彼得的幾句話說明了一切。他低聲說：「快點，叮噹，關上窗子，閂起來。那樣就對了。現在妳跟我必須由門出去。等溫蒂回來的時候，會以為她母親把她關在外頭，那麼她就只得和我一起回去了。」

這時我總算解開了一直以來在我心中的困惑，為什麼彼得除掉海盜之後，沒有返回永無島上，只派叮噹護送孩子們回家。原來他腦袋裡一直藏著這個詭計。

彼得絲毫不覺得自己的行為不對，反而高興得跳起舞來。隨後他偷窺一下遊戲室，看看是誰在彈琴。他悄聲對叮噹說：「那就是溫蒂的母親。她是位漂亮的女士，可是沒有我母親那麼漂亮。她的嘴上都是頂針，但是沒有我母親嘴上的頂針多。」

當然他對自己母親的情況一概不知，但有時候他會誇耀地談起她來。

彼得不知溫蒂母親彈的是什麼曲子——那其實是〈甜蜜的家庭〉——不過他曉得歌中唱的是「回來吧，溫蒂，溫蒂，溫蒂」。他得意洋洋地喊道：「妳再也見不到溫蒂了，太太，因為窗子閂住了！」

他再往裡偷窺，看看音樂為什麼停下來了，只見達林太太把頭靠在鋼琴上，兩顆淚珠含在眼裡。

彼得心想：「她希望我把窗子打開，可是我才不要，絕對不要！」

他又往裡偷看，眼淚仍在那兒，或者是另外兩顆取代了原本的淚珠。

他對自己說：「她真的很愛溫蒂呢。」他現在很氣她為何不明白她不能擁有溫蒂。理由很簡單：「我也喜歡她啊。太太，我們兩人不可能同時擁有她。」

然而這位女士不肯接受這點，他非常的不高興。他不再看她，但即使如此她仍不放過他。他扮著滑稽的臉孔，在房間四處蹦蹦跳跳，可是一旦他停下來，達林太太彷彿就在他心中不斷地敲打。

彼得最後深吸一口氣說：「唉，好吧，」接著他打開了窗戶，喊道：「走吧，叮噹，我們才不需要什麼笨蛋母親呢。」他狠狠地嘲諷了自然的法則一番，說完他就飛走了。

於是溫蒂、約翰和麥可發現窗子終究還是為他們開著，當然那是他們不配得到的待遇。他們降落在地板上，絲毫不覺得問心有愧，最小的那個甚至早已經忘了家。

麥可張望四周，疑惑地說：「約翰，我想我以前到過這裡呢。」

「你當然來過啊，你這傻瓜。那張是你的舊床啊。」

麥可不是非常確信地說：「原來如此。」

「啊，狗窩！」約翰邊大叫邊飛奔過去往裡頭看。

溫蒂說：「或許娜娜在裡面。」

但是約翰吹了聲口哨，「喂，裡頭有個男人呢。」

溫蒂驚呼：「是爸爸！」

「讓我瞧瞧爸爸。」麥可急切地請求，他仔細地看了一眼。「他的個頭還沒有我殺掉的那個海盜高大呢。」他語氣中毫不掩飾失望。

我很慶幸達林先生睡著了，假如這是他聽見小麥可說的第一句話，他一定會很難過。

溫蒂和約翰發現父親在狗窩裡，都有點嚇了一跳。

約翰好像一個對自己的記憶失去信心的人那樣說：「想當然，他以前不是睡在狗窩裡吧？」

溫蒂猶豫地說：「約翰，也許我們對過去生活的記憶不像自己所想的那麼清晰吧。」

他們突然感到一股寒意——活該！

約翰這個小壞蛋說：「媽媽真是不負責任啊，我們回來了，她居然不在這兒。」

就在這時，達林太太又彈起琴來。

「是媽媽！」溫蒂喊道，偷偷瞄一眼。

約翰說：「的確是耶。」

麥可問：「所以妳不是我們真正的媽媽囉，溫蒂？」他一定是想睡覺了。

溫蒂第一次真的感到懊悔內疚，驚嘆道：「噢，天啊！我們是該回來了。」

約翰提議說：「我們偷偷溜進去吧，然後用手蒙住她的眼睛。」

不過溫蒂認為他們必須用更溫和的方式來宣布這歡樂的消息，她有更好的計畫。

「我們全都溜到床上去，躺在那裡等她進來，就好像我們從來沒離開過一樣。」

於是當達林太太回到孩子的睡房，看看丈夫是否睡著的時候，每張床上都睡了一個孩子。孩子們等著她高興得叫起來，卻沒聽見歡呼聲。她看見了他們，但她不相信他們真的在那兒。她經常在夢裡看見他們躺在床上，因此她以為這回仍只是纏繞著她的夢。

她在爐火旁的椅子上坐下來，她從前總是坐在那兒餵他們喝奶。

他們不明白這是怎麼回事，三人都嚇得渾身發冷。

溫蒂大喊：「媽媽！」

「那是溫蒂。」達林太太說，不過她還是以為這肯定是夢。

「媽媽！」

達林太太說：「那是約翰。」

麥可喊道：「媽媽！」他現在認出她了。

「那是麥可。」達林太太伸出雙臂去抱那三個自私的小孩，他們溜下床奔向她的懷抱，她以為再也抱不到他們了；可是，她抱到了！她的雙臂擁抱住溫蒂、約翰和麥可。

她終於能說出話時，大聲呼喚：「喬治，喬治！」

達林先生醒來分享她的狂喜。娜娜也趕忙衝進來。沒什麼景象比這更動人了；但是沒人看到，有一個小男孩在窗外往屋裡凝望。他擁有無數其他孩子永遠無法得知的歡樂，然而他卻被他從窗外看到的這種喜悅隔絕在外，永遠無法得到。

17 溫蒂長大以後

我希望你想知道其他男孩後來怎麼樣了。他們都在下面等著，好讓溫蒂有時間向父母親說明他們的事；等他們數到五百的時候就走上去。他們是走樓梯上去的，因為他們認為這樣給人的第一印象會比較好。他們在達林太太面前站成一排，脫下帽子，心裡暗自希望自己身上穿的不是海盜服。他們什麼也沒說，但是用眼神請求她收留他們。他們應該也要望向達林先生，可是卻完全忘了他。

當然達林太太馬上說她願意收留他們。可是達林先生面有難色，他們看出他覺得六個太多了。

達林先生對溫蒂說：「我必須說，妳做事情從不會半途而廢。」這句話裡帶著不滿，雙胞胎認為是針對他們。

雙胞胎哥哥的自尊心強，他漲紅著臉問：「先生，你覺得我們人數太多了，是嗎？如果是的話，我們可以離開。」

「爸爸！」溫蒂震驚地叫起來。

但是達林先生仍然一臉陰沉，心知自己的表現有失體面，可是他不由自主。

尼布斯說：「我們可以擠在一起睡。」

「我向來都是自己幫他們剪頭髮。」溫蒂說。

「喬治！」達林太太喊道，看到親愛的丈夫表現得如此小器，她非常難過。

但達林先生突然流下眼淚，真相於是大白。他說，他和達林太太一樣很樂意收留他們，可是他覺得他們除了懇求她之外，也應該徵求他的同意，不該在他的家卻把他當成無關緊要的人。

托托立刻大聲說：「我不認為他是個無關緊要的人。捲毛，你覺得他是無關緊要的人嗎？」

「不，我不覺得。史萊特利，你認為他是無關緊要的人嗎？」

「當然不是。雙胞胎，你們覺得呢？」

結果他們沒有一個人認為他是無關緊要的人。說來荒謬，就這樣達林先生心滿意足了，並且說他會把他們安置在客廳裡，如果他們擠得下。

他們向他保證：「先生，我們一定會擠進去的。」

他愉快地喊：「那就跟我來吧。聽著，我不能肯定我們有客廳，不過就假裝我們有吧，反正都一樣。哇哈！」

達林先生跳著舞在屋子裡轉來轉去。他們也喊了一聲：「哇哈！」然後跳著舞跟在他後頭，找尋客廳。我忘記他們究竟找到了沒有，不過無論如何他們都找到了小角落，安頓下來。

至於彼得呢？他飛走之前有再見溫蒂一面。他並沒有來到窗邊，但是在飛過的時候輕輕地拂了一下窗子，如果溫蒂願意的話，可以打開窗子呼喚他。她果真那麼做了。

彼得說：「嗨，溫蒂，再見了。」

「噢，親愛的，你要走了嗎？」

「是的。」

溫蒂遲疑地說：「彼得，你不想跟我爸媽談談那件甜蜜的事嗎？」

「不。」

「關於我的事啊，彼得。」

「不。」

達林太太來到窗前，現在她極為密切地留意溫蒂的行動。她告訴彼得，她已經收養了所有的男孩，也非常願意收養他。

彼得很機靈地問：「妳會送我去上學嗎？」

「會啊。」

「然後再讓我去辦公室上班？」

「我想是吧。」

「不久以後我就會變成大人？」

「很快。」

「我不想去學校學那些嚴肅的東西。」彼得忿忿不平地告訴她。「我也不想變成大人。噢，溫蒂的媽媽，要是我醒來之後摸到自己長了鬍子，那多麼可怕。」

溫蒂安慰他說：「彼得，就算你長了鬍子，我還是愛你啊。」

達林太太朝他伸出雙臂，但他拒絕了她。

「別靠近我，太太，沒人能夠抓住我，逼我變成大人。」

「可是你要住在哪裡呢？」

「和叮噹一起住在我們幫溫蒂蓋的房子裡。仙子們會把小屋搬到高高的樹頂上，他們夜裡都在那裡睡覺。」

「多可愛啊。」溫蒂嚮往地叫了出來。

達林太太連忙緊緊抓住她，「我以為所有的仙子都死了。」

「還是會有很多年輕的仙子啊。」溫蒂解釋道，她現在可是這方面的專家了。「因為每個新生嬰兒第一次笑的時候，就會有個小仙子誕生，既然永遠都有新生嬰兒，就永遠會有新生的仙子。他們住在樹頂上的窩裡；淡紫色的是男仙子，白色的是女仙子，藍色的是一些不確定自己是男是女的小傻瓜。」

「我會有很多好玩的事呢。」彼得邊說邊偷瞄著溫蒂。

「晚上坐在火爐旁會很寂寞呢。」溫蒂說。

「叮噹會陪著我。」

溫蒂語氣有點刻薄地提醒他，「叮噹有很多事情做不來啊。」

叮噹從某個角落大聲喊出來，「在背後說人壞話的傢伙！」

彼得說：「那不要緊。」

「噢，彼得，你明知道那很重要。」

「不然妳跟我一起回去小屋吧。」

「媽咪，我可以去嗎？」

「當然不行。妳好不容易才回家，我絕不會再讓妳離開了。」

「可是他真的很需要母親啊。」

「妳也是啊，我的寶貝。」

「好吧，那就算了。」彼得假裝不在意，彷彿他只是出於禮貌才邀請溫蒂。

不過達林太太看見他的嘴巴抽動，於是她慷慨地提議：每年春季讓溫蒂去他那兒一個禮拜幫他大掃除。溫蒂寧可要比較永久的安排，她覺得春天似乎還要很久才會到來。但是這個承諾輕易地打發了彼得，他聽了之後又開心起來。他沒有時間觀念，而且有數不清的冒險活動可做。我所告訴你的那些只不過是當中微乎其微的一小撮。我想溫蒂非常清楚這一點，所以她最後對他說的話相當的感傷：

「你不會忘了我吧？彼得，在春季大掃除來臨之前你會忘記我嗎？」

當然彼得允諾絕對不會忘記她；之後就飛走了。他還帶走了達林太太的吻。那個吻一直沒人能得到，彼得倒是很輕易就得手了。真是不可思議。但是她看來好像很滿足。

當然所有的男孩都去上學。他們大多進入第三級，第一級是最高級。不過史萊特利先是被安排在第四級，後來又改到第五級。他們上學不到一星期就發覺自己沒留在島上真是蠢蛋，不過現在已經太遲了。他們很快就安定下來，像你、我，或小詹金斯一樣平常地過日子。

說來遺憾，他們漸漸失去了飛行的能力。起先娜娜把他們的腳綁在床柱上，以防他們夜裡飛走。他們白天的消遣之一是假裝從雙層巴士上摔下來，但是他們漸漸不再拉扯將他們束縛在床上的綁帶，並且發現他們從巴士掉下去的時候真的會受傷。到最後就連帽子吹走了，他們也沒辦法飛過去追。他們說這是缺乏練習，但實際上這代表他們再也不相信過去的一切了。

麥可比其他的男孩相信得久一點，雖然他們都嘲弄他；因此第一年年尾彼得來接溫蒂時，他還陪在溫蒂身邊。她和彼得一塊兒飛走的時候，穿著她在永無島上用樹葉和漿果編成的連身裙，她唯一擔心的是他可能會留意到裙子變得太短了；然而他根本沒注意到，他光顧著說自己的事情都說不完了。

溫蒂期待和彼得聊起從前那些緊張刺激的冒險，不過新的冒險趣事已將往事從他的腦海中擠出去了。

當溫蒂提起那個死敵的時候，彼得很感興趣地問：「虎克船長是誰？」

溫蒂驚訝地問：「你不記得了嗎？你當初是怎麼殺掉他，救了我們所有人的命？」

彼得漫不經心地回答：「我殺了他們以後就把他們給忘了。」

溫蒂遲疑地說出希望叮噹鈴會很高興見到她時，彼得問：「叮噹鈴是誰？」

溫蒂萬分驚詫地說：「噢，彼得！」可是即使在她說明以後，他還是不記得。

「像她這樣的仙子多得數不清，我想她大概已經不在了。」

我想彼得說對了，因為仙子並不長命，不過因為她們很小，所以短暫的時間在她們看來就很長了。

還有一點令溫蒂難過，她發現過去一年對彼得來說不過是像昨天而已；而她卻覺得這一年的等待非常地漫長。不過彼得還是和過去一樣的迷人，他們在樹頂上的小屋愉快地大掃除了一番。

第二年，彼得沒有來接溫蒂。她穿上新的連身裙等待，因為舊的那件已經小得不能穿了；可是彼得始終沒來。

麥可說：「也許他病了。」

「你知道他從來不生病的。」

麥可走近她身旁，打了個哆嗦，悄聲地說：「也許根本就沒有這麼一個人吧，溫蒂！」要不是麥可先哭了起來，溫蒂就會哭了。

隔年春季大掃除時，彼得來了。奇怪的是他壓根兒不知道自己錯過了一年。那是小女孩溫蒂最後一次見到彼得。為了他的緣故，她竭力地延後長大；當她在常識競賽中獲獎時，她覺得自己背叛了他。然而一年、一年過去了，那個粗心大意的男孩再也沒來過。等他們再次見面時，溫蒂已經是結了婚的婦女，彼得對她而言不過是玩具收藏盒裡的一小粒塵埃。

溫蒂長大了。你不需要為她感到遺憾。她是屬於願意成長的那種人。到後來她心甘情願地比其他女孩成長得還要快一點。

到這時，所有的男孩都長大了，沒什麼特別之處；幾乎不值得再多提他們的事。你隨便哪一天都可以看到雙胞胎、尼布斯和捲毛去上班，手裡拎著一個小公事包和一把傘。麥可成了火車司機。史萊特利娶了一位貴族小姐，因此當上了勛爵。你看見從鐵門走出來的那位戴假髮的法官嗎？他就是過去的托托。而那個蓄著鬍子、從不講故事給孩子聽的人是約翰。

溫蒂結婚那天，穿著白色禮服，繫上粉紅色腰帶。想來奇怪，彼得竟然沒有飛進教堂提出異議。

歲月流逝，溫蒂生了一個女兒。這事不該用墨水來寫，應該用金粉揮灑記錄。

溫蒂的女兒名叫珍，總是一臉好奇的古怪表情，彷彿打從她一來到世上就想要發問似的。等她長到會說話年紀，問的大半都是關於彼得潘的事。她愛聽彼得潘的故事，溫蒂把自己所能記得起來的事情全都講給她聽，就在那間發生了著名飛行事件的育嬰室。現在這裡成了珍的育嬰室，因為她父親用百分之三的房貸利率向溫蒂的父親買下來，達林先生不再喜歡爬樓梯。達林太太如今已過世，被人淡忘了。

現在育嬰室裡只有兩張床，一張是珍的，另一張是她保姆的；不再有狗窩，因為娜娜也死了。她是自然老死的，到最後幾年她變得很難相處；堅信除了她以外，沒人知道怎麼照顧孩子。

珍的保姆一星期有一晚的休假，這時就由溫蒂安頓珍上床睡覺；也就是講故事的時間。珍發明了把被單蓋在母親和自己頭上，當成帳篷，然後在一片黑暗中低聲說：

「我們現在看到了什麼？」

「我想我今晚什麼也看不見。」溫蒂有種感覺，假如娜娜在場，一定會反對她們繼續說下去。

珍說：「不，妳看得見，在妳還是小女孩的時候，妳就看見了。」

溫蒂說：「那是很久以前的事了。寶貝，唉，時間飛得好快啊。」

這個鬼靈精的小孩問：「時間會飛？就像妳小時候那樣地飛嗎？」

「像我那樣飛？妳知道嗎？珍，我有時候懷疑自己是不是真的飛過。」

「妳真的飛過啦。」

「從前能飛的日子多麼美好啊！」

「媽媽，妳現在為什麼不能飛了呢？」

「我最親愛的寶貝，因為我長大了啊。人只要一長大就會忘記怎麼飛。」

「為什麼他們會忘記怎麼飛呢？」

「因為他們不再快樂、天真、無情了。只有快樂、天真、無情的人才會飛。」

「什麼是快樂、天真、無情呢？我真希望自己也是快樂、天真又無情的人。」

或許溫蒂此刻承認她真的看出了什麼。「我相信，是因為這間育嬰室的緣故。」

珍說：「我也相信是這樣，說下去嘛。」

於是她們從大冒險的開端，彼得飛進來尋找影子的那一夜講起。

溫蒂說：「那個笨蛋，想要用肥皂把影子黏回去，發現辦不到的時候就哭了起來，哭聲把我吵醒了，所以我就幫他把影子縫回去。」

「妳漏掉了一小段，」珍打岔說，她現在比她母親還要熟悉這個故事。「妳看見他坐在地板上哭的時候，妳說了什麼？」

「我在床上坐起來說：『小男孩，你為什麼在哭呢？』。」

「對，就是這句話。」珍大大地喘了口氣。

「然後他帶我們一路飛到永無島上，那裡有仙子、海盜、印第安人、美人魚的潟湖、地下之家，還有小屋。」

「對！這裡頭妳最喜歡的是哪一個呢？」

「我想我最喜歡的是地下之家。」

「噢，我也是。彼得對妳說的最後一句話是什麼呢？」

「他對我說過的最後一句話是：『妳只要永遠等著我，總有一天晚上妳會聽到我的歡叫聲。』」

「對。」

溫蒂微笑著說：「可是，唉，他完全忘記我了。」她已經成熟到這種地步了。

有天晚上珍發問：「他的歡叫聲聽起來像什麼呢？」

「像這樣……」溫蒂試著模仿彼得的歡叫聲。

珍認真地說：「不，不對，是像這樣子。」她模仿得比她母親要像多了。

溫蒂有點吃驚，「親愛的，妳怎麼會知道呢？」

珍說：「我睡覺的時候經常聽到啊。」

「啊，是啊，許多女孩都是在睡著時聽到，只有我是清醒時聽見的。」

「妳真是幸運呢。」珍說。

有一天晚上悲劇發生了。時節是春天，那晚剛說完故事，珍在床上睡著了，溫蒂坐在地板上，靠近火爐，以便看清楚好縫補衣服，因為育嬰室裡沒有別的亮光；她正坐著縫縫補補的時候，聽見了一聲歡叫。不一會兒窗子像從前一樣吹開了，彼得跳進來，落到地板上。

彼得和從前一模一樣。溫蒂馬上就看出他仍然長著滿口的乳牙。

彼得還是個小男孩，而她已是大人了。她蜷縮在火爐旁，動也不敢動，對自己已長大成為女人感到無助和內疚。

「妳好啊，溫蒂。」彼得沒注意到有什麼不同的地方，因為他一心只想著自己。而且在昏暗的光線下，她的白衣裳乍看之下就像他初次見到她時所穿的睡衣。

「你好，彼得。」溫蒂細聲細氣地回答，盡可能地把自己縮小。她心裡有個聲音在呼喊：「女人，女人，妳放開我。」

「喂，約翰到哪裡去了？」彼得忽然發現少了第三張床。

溫蒂喘著氣說：「約翰現在不在這裡了。」

彼得漫不經心地瞥了珍一眼，「麥可睡著了嗎？」

「對。」此刻溫蒂覺得自己不僅欺騙了彼得，也背叛了珍。

「那不是麥可。」溫蒂趕緊說，唯恐她將受到指責。

彼得走上前細看。「喂，這個是新的嗎？」

「是的。」

「男孩還是女孩？」

「女孩。」

現在彼得理當明白了，但他一點也不明白。

溫蒂遲疑地說：「彼得，你期望我和你一起飛去嗎？」

「當然囉，我就是為了這個來的啊，」彼得有點嚴肅地又說，「妳忘了現在是春季大掃除的時候嗎？」

溫蒂知道跟他說，他錯過了好多個春季大掃除也沒有用。

她帶著歉意說：「我沒辦法去，我已經忘記怎麼飛了。」

「我可以馬上再教妳一次。」

「噢，彼得，別在我身上浪費仙粉了。」

溫蒂站了起來，此時彼得終於感到一陣恐懼襲來。

「這是怎麼回事？」彼得大叫著往後退縮。

「我把燈打開，你自己看就明白了。」

就我所知，這幾乎是彼得第一次感到害怕。

彼得喊道：「不要開燈。」

溫蒂用雙手撫弄著這可憐小男孩的頭髮。她不再是個為他心碎的小女孩，她現在是成熟的婦人，微笑地看待這一切，只不過笑中含著淚水。

最後她開了燈，彼得看見她了。他痛苦得大叫；當這個高大美麗的婦人彎下身子，想要把他抱進臂彎的時候，他急速地往後退。

彼得又問一次：「這到底是怎麼回事？」

溫蒂不得不告訴他實情。「我長大了，彼得。我已經二十幾歲，是大人了。」

「妳答應過我妳絕不會長大的。」

「我沒辦法呀。我已經結婚了。彼得。」

「噢，不。」

「是的，床上的小女孩就是我的寶寶。」

「不，她不是。」

但是彼得推想這大概是真的，於是他朝熟睡中的孩子走了一步，並高高地舉起匕首。不過彼得當然沒有刺下去。他坐到地板上，啜泣起來。溫蒂不曉得該如何安慰他，雖然她以前能輕易地辦到；但她現在只是名婦人，她跑出育嬰室想要好好地思考。

彼得繼續哭泣，不久他的啜泣聲吵醒了珍。

珍在床上坐起來，立刻對彼得感興趣。「小男孩，你為什麼在哭呢？」

彼得站起來，向她鞠個躬。她也從床上向他鞠躬。

「妳好。」彼得說。

「你好。」珍說。

彼得告訴她，「我的名字叫彼得潘。」

「嗯，我知道。」

彼得解釋說：「我回來找我的母親，要帶她去永無島。」

珍說：「嗯，我曉得，我一直在等你。」

當溫蒂猶豫地回來時，她發現彼得坐在床柱上，得意洋洋地歡呼。珍則穿著睡衣，欣喜若狂地在育嬰室裡飛來飛去。

「她是我的母親了。」彼得解釋說。珍降落下來，站在他身邊，臉上露出了小姐們凝視彼得的表情，那是彼得最喜歡看見的神情。

珍說：「他真的很需要一位母親。」

溫蒂黯然地承認：「對，我知道。沒人比我更清楚了。」

彼得對溫蒂說：「再見了。」他飛到空中，珍也肆無忌憚地跟著他飛起；這已經是她最輕鬆的活動方式了。

溫蒂飛奔到窗前，大喊：「不，不！」

珍說：「只是去春季大掃除而已，他要我每年春季都幫他大掃除。」

溫蒂嘆息著說：「要是我能跟你們一起去就好了。」

珍說：「可是妳不能飛啊。」

當然最後溫蒂還是讓他們一起飛走了。我們最後一瞥，看見她站在窗邊，目送他們在天空中遠去，變得越來越小，直到小得像星星一般。

你仔細端詳溫蒂，你會看見溫蒂的頭髮變白，她的身影又縮小了。因為這一切發生在很久很久以前。

珍現在是個普通的成年人，有個女兒名叫瑪格麗特；每年春季大掃除的時候，除非彼得忘記了，否則他總會來接瑪格麗特到永無島去。她在那兒講故事給他聽，他會熱切地仔細聽。等瑪格麗特長大後，她會生個女兒，她的女兒又將成為彼得的母親。只要孩子永遠快樂、天真、無情，故事就會這樣繼續下去。

國家圖書館出版品預行編目資料

彼得潘 / 詹姆斯 . 馬修 . 巴利（James Matthew Barrie）作 ; 黃意然譯 . -- 初版 . -- 臺北市 : 商周出版 : 家庭傳媒城邦分公司發行 , 2015.06
面； 公分 . --（商周經典名著 ; 50）
譯自 : Peter Pan
ISBN 978-986-272-815-4（平裝）

873.57　　104008295

商周經典名著 50

彼得潘 Peter Pan（全譯本）

作　　者 / 詹姆斯・馬修・巴利（James Matthew Barrie）
譯　　者 / 黃意然
責任編輯 / 彭子宸

版　　權 / 翁靜如
行銷業務 / 黃崇華、張媖茜
總 編 輯 / 黃靖卉
總 經 理 / 彭之琬
發 行 人 / 何飛鵬
法律顧問 / 元禾法律事務所 王子文律師
出　　版 / 商周出版
台北市104民生東路二段141號9樓
電話：(02) 25007008　傳真：(02)25007759
E-mail：bwp.service@cite.com.tw
Blog：http://bwp25007008.pixnet.net/blog
發　　行 / 英屬蓋曼群島商家庭傳媒股份有限公司 城邦分公司
台北市中山區民生東路二段141號2樓
書虫客服服務專線：02-25007718；25007719
服務時間：週一至週五上午 09:30-12:00；下午 13:30-17:00
24 小時傳眞專線：02-25001990；25001991
劃撥帳號：19863813；戶名：書虫股份有限公司
讀者服務信箱：service@readingclub.com.tw
城邦讀書花園：www.cite.com.tw
香港發行所 / 城邦（香港）出版集團有限公司
香港灣仔駱克道193號東超商業中心1樓；E-mail：hkcite@biznetvigator.com
電話：(852) 25086231　傳眞：(852) 25789337
馬新發行所 / 城邦（馬新）出版集團 Cite (M) Sdn. Bhd.
41, Jalan Radin Anum, Bandar Baru Sri Petaling,
57000 Kuala Lumpur, Malaysia.
Tel: (603) 90578822　Fax: (603) 90576622　Email: cite@cite.com.my

封面設計 / 廖韡
排　　版 / 極翔企業有限公司
印　　刷 / 中原印刷事業有限公司
經 銷 商 / 聯合發行股份有限公司
電話：(02)29178022　傳眞：(02)29110053

■2015年6月30日初版
■2018年10月9日初版2.5刷
定價260元

Printed in Taiwan

城邦讀書花園
www.cite.com.tw

 ISBN 978-986-272-815-4

104　台北市民生東路二段141號2樓

英屬蓋曼群島商家庭傳媒股份有限公司城邦分公司　收

請沿虛線對摺，謝謝！

書號：BU6050　　書名：彼得潘　　編碼：

請於此處用膠水黏貼

商周出版

讀者回函卡

感謝您購買我們出版的書籍！請費心填寫此回函卡，我們將不定期寄上城邦集團最新的出版訊息。

不定期好禮相贈！
立即加入：商周出版
Facebook 粉絲團

姓名：＿＿＿＿＿＿＿＿＿＿＿＿＿＿＿＿ 性別：□男 □女

生日：西元＿＿＿＿＿年＿＿＿＿＿月＿＿＿＿＿日

地址：＿＿＿＿＿＿＿＿＿＿＿＿＿＿＿＿＿＿＿＿

聯絡電話：＿＿＿＿＿＿＿＿＿＿ 傳真：＿＿＿＿＿＿＿＿＿＿

E-mail ：

學歷：□ 1. 小學 □ 2. 國中 □ 3. 高中 □ 4. 大學 □ 5. 研究所以上

職業：□ 1. 學生 □ 2. 軍公教 □ 3. 服務 □ 4. 金融 □ 5. 製造 □ 6. 資訊
□ 7. 傳播 □ 8. 自由業 □ 9. 農漁牧 □ 10. 家管 □ 11. 退休
□ 12. 其他＿＿＿＿＿＿＿＿＿＿

您從何種方式得知本書消息？

□ 1. 書店 □ 2. 網路 □ 3. 報紙 □ 4. 雜誌 □ 5. 廣播 □ 6. 電視
□ 7. 親友推薦 □ 8. 其他＿＿＿＿＿＿＿＿＿＿

您通常以何種方式購書？

□ 1. 書店 □ 2. 網路 □ 3. 傳真訂購 □ 4. 郵局劃撥 □ 5. 其他＿＿＿＿

您喜歡閱讀那些類別的書籍？

□ 1. 財經商業 □ 2. 自然科學 □ 3. 歷史 □ 4. 法律 □ 5. 文學
□ 6. 休閒旅遊 □ 7. 小說 □ 8. 人物傳記 □ 9. 生活、勵志 □ 10. 其他

對我們的建議：＿＿＿＿＿＿＿＿＿＿＿＿＿＿＿＿＿＿＿＿
＿＿＿＿＿＿＿＿＿＿＿＿＿＿＿＿＿＿＿＿
＿＿＿＿＿＿＿＿＿＿＿＿＿＿＿＿＿＿＿＿

請於此處用膠水黏貼